PRESCELTO

LEGATI DAL SANGUE LIBRO 1

ANCHE DI
RICHARD FIERCE

CAVALIERI DEI DRAGHI DI OSNEN

Prova di Stregoneria
Un Legame di Fiamma
La Chiamata del Guerriero
La Moneta delle Anime
Ali del Terrore
Occhi di Pietra
Dente e Artiglio
Il Servitore delle Anime
Fumo e Ombra
Il Cavaliere Oscuro
Il Canto delle Ossa
Spada e Corona
Maree di Tenebra
Ira e Rovina
Tomba dei Giuramenti

PRESCELTO

LEGATI DAL SANGUE LIBRO 1

RICHARD FIERCE

Copyright

Dragonfire Press

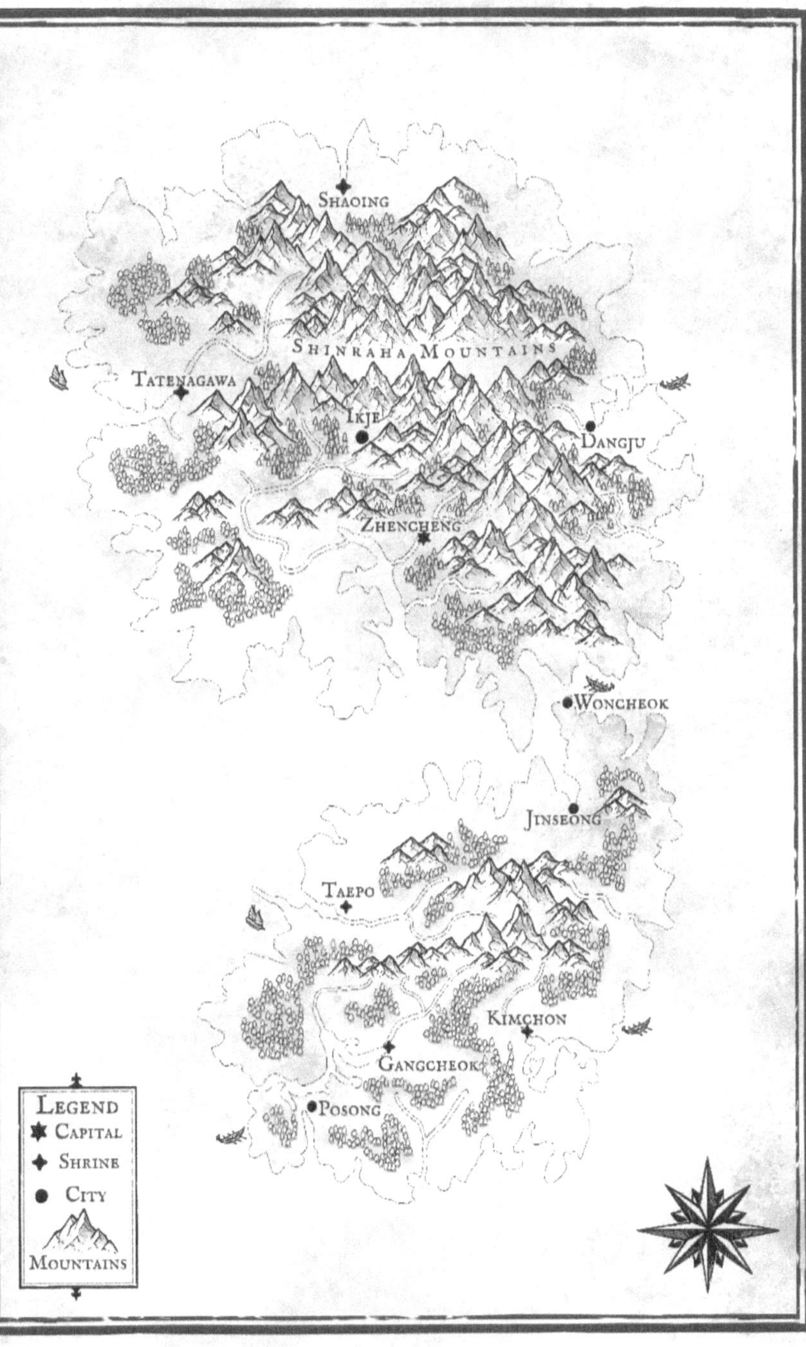

SHAOING
SHINRAHA MOUNTAINS
TATENAGAWA
IKJE
DANGJU
ZHENCHENG
WONCHEOK
JINSEONG
TAEPO
KIMCHON
GANGCHEOK
POSONG
LEGEND
CAPITAL
SHRINE
CITY
MOUNTAINS

1

Kai Lin stava per incontrare il suo drago.

Prescelta quando era ancora nel grembo materno, aveva a lungo atteso quel momento, e al tempo stesso lo aveva temuto. Sarebbe dovuto essere un giorno emozionante e, sebbene stesse provando molte emozioni, l'esultanza non era una di queste. Si strofinò i palmi sudati sulla veste.

«Non agitarti» disse piano Sho, suo padre.

«Non posso farne a meno» replicò Kai.

«Lascia stare la ragazza» intervenne sua madre. «Ha tutto il diritto di essere nervosa. È un giorno importante.»

«Lo so, Ryoko, ma non siamo ancora nemmeno entrati in città.»

Kai guardò fuori dal finestrino del carro e osservò il paesaggio scorrere via. Sua madre aveva ragione, *era* nervosa. Stava lasciando tutto ciò che aveva sempre conosciuto per un futuro di incertezza e guerra senza fine. Non riusciva a capire perché sia gli uomini che le donne fossero costretti a essere Prescelti. Se fosse dipeso da lei, avrebbe intrapreso un sentiero molto diverso, uno meno irto di pericoli.

Trattenne il fiato con un sibilo e fece una smorfia, mentre una lancia di dolore le trafiggeva la nuca. Serrando la mascella, concentrò l'attenzione sul motivo a spirale cucito sulla sua veste e attese che l'agonia svanisse.

«Sono le emicranie?» chiese Ryoko.

Kai annuì appena, timorosa di peggiorare il dolore.

Sua madre guardò suo padre. «Stanno diventando sempre più frequenti.»

«Ha qualcosa a che fare con la cerimonia» rispose Sho, anche se Kai capì dal suo tono che stava solo tirando a indovinare.

Da giovane le emicranie erano state rare, ma crescendo l'avevano tormentata sempre di più. Ora che erano diretti a Ikje per la cerimonia, le fitte di dolore erano quasi puntuali come un orologio. L'agonia svanì e Kai dischiuse la mascella.

«Sembra una magra ricompensa per essere una Prescelta» disse lei con amarezza.

I suoi genitori si scambiarono un'occhiata, ma nessuno dei due la rimproverò. Se fossero stati in pubblico, sapeva che avrebbero finto di castigarla. Essere un Prescelto era un grande onore, e chiunque affermasse il contrario era considerato alla stregua di un traditore.

Il resto del viaggio trascorse senza incidenti, a parte il flusso costante di sussulti di Kai quando le emicranie la sopraffacevano. Non aveva mai desiderato morire prima d'ora, ma adesso era tentata di agognare il sollievo che la morte le avrebbe offerto.

Le mura di Ikje apparvero in lontananza e Kai si meravigliò del gran numero di persone venute per assistere alla cerimonia. Popolani e nobili si accalcavano ai cancelli, ansiosi di entrare.

«Siamo arrivati» annunciò suo padre.

Nonostante l'ansia, Kai era curiosa di vedere gli altri Prescelti. Erano nobili come lei, o popolani? O c'era una mescolanza? Lo avrebbe scoperto presto. Il carro avanzò pesantemente attraverso una guardiola, e delle guardie si schierarono lungo la strada acciottolata, tenendo a bada i curiosi. Quella era una cosa che non le piaceva dell'essere una Prescelta. Non veniva trattata come tutti gli altri. Al contrario, era stata tenuta in isolamento.

Dire che la sua infanzia era stata faticosa era un eufemismo. Non le erano mai state date bambole o altri giocattoli, non aveva mai giocato con un altro bambino. Quando aveva chiesto il perché, i suoi genitori le avevano solo detto che essere una Prescelta non era solo un onore, ma anche un sacrificio. All'epoca non aveva capito quella risposta, ma la capiva ora.

Il carro si fermò di colpo e la portiera si spalancò, rivelando un soldato in armatura di cuoio. L'elmo era privo della celata e i suoi occhi castani ispezionarono l'interno, posandosi su di lei. Era magro ma muscoloso e aveva un'aria stoica.

«Prescelta» la salutò. «Il mio nome è Liu Wei, e sono stato assegnato come Vostra guardia personale. Vi prego, seguitemi.»

Kai si alzò e cercò con lo sguardo la rassicurazione di sua madre. Ryoko le sorrise, anche se i suoi occhi erano pieni di lacrime che minacciavano di traboccare e scorrerle lungo le guance.

«Andrà tutto bene» disse lei, alzandosi per abbracciarla.

Quelle parole suonarono vuote alle orecchie di Kai, ma sapeva che sua madre aveva buone intenzioni. La vita della maggior parte dei Prescelti non era molto lunga, ma c'era da aspettarselo, quando il loro compito era proteggere il regno dall'incursione dei Drakka.

Aveva avuto molti incubi su quelle creature terribili, alcuni così vividi da chiedersi se i sogni non fossero stati in realtà delle visioni. La guardia si schiarì la gola e Kai si gettò verso sua madre, abbracciandola stretta. Poi abbracciò suo padre, e infine scese dalla carrozza ed entrò in un mondo completamente nuovo.

Liu le offrì un sorriso amichevole e si voltò, guidandola attraverso un'ampia corte verso il castello. Questo si ergeva sulla città di Ikje come una sentinella e, sopra di esso, volava un gruppo di Giurati. A Kai mancò il fiato alla vista dei possenti draghi che solcavano il cielo. Coloro che cavalcavano sui loro dorsi erano troppo piccoli per essere visti chiaramente, ma lei sapeva che erano lì perché le loro armature scintillavano sotto il sole.

Kai camminava più veloce che poteva con le sue gambe corte, ma Liu la stava distanziando. Lui si guardò indietro e rallentò il passo.

«Mi perdoni» disse. «Tendo a camminare veloce.»

Kai sorrise timidamente, ma non capiva perché si stesse scusando. Sebbene fosse nata in una famiglia nobile, come uomo dell'imperatore, lui probabilmente era di rango superiore al suo. Raggiunsero due enormi portoni e, al comando di Liu, una schiera di guardie si affrettò a spalancarli.

Guardando attraverso l'ingresso, vide una lunga sala con il soffitto a volta. Globi di luce bianca erano distanziati ogni due metri circa, e fluttuavano nell'aria di loro spontanea volontà. Gli occhi di Kai si spalancarono. Aveva già visto la magia, ma questa era qualcosa di molto più grandioso. Si guardò alle spalle, ma il carro dei suoi genitori era sparito.

Il cuore le martellava nel petto mentre il panico cominciava a sopraffarla, ma fece un respiro profondo e si ricordò che avrebbe rivisto i suoi genitori alla Cerimonia dei Giuramenti. Kai seguì Liu all'interno, e i portoni si richiusero dietro di loro. Si guardò intorno nella sala. Le pareti erano spoglie di qualsiasi decorazione, cosa che trovò strana finché non si rese conto che quest'area faceva parte della caserma.

«Dove stiamo andando?» chiese.

«Nei Vostri alloggi personali.»

«Ho una stanza tutta mia?»

«No. Tutti i Prescelti sono stati assegnati alla stessa stanza, ma ognuno di Voi avrà il proprio letto. Prevedo che dopo la cerimonia sarete trasferita a Dangju per l'addestramento.»

«Pensavo che l'addestramento si tenesse qui.»

«Normalmente sarebbe così» rispose Liu, svoltando a destra e conducendola lungo un nuovo corridoio. «Abbiamo ricevuto rapporti secondo cui una grande forza di Drakka è stata avvistata nella zona, e il generale ritiene che sia più sicuro farvi addestrare altrove, nell'eventualità che attacchino il castello.»

Kai si accigliò. I Drakka non avevano mai attaccato Ikje prima di allora. Tra i soldati dell'imperatore e i Giurati, era troppo ben protetta. Inspirò sibilando e si appoggiò al muro, chiudendo gli occhi per il dolore di un'altra emicrania.

«Sta bene?»

«Starò bene,» sussurrò lei in risposta. Quando il dolore si placò, aprì gli occhi e vide Liu che la fissava, con lo sguardo pieno di preoccupazione. Si staccò dal muro e barcollò, ma Liu la sorresse. Le posò una mano sulla fronte. Il suo tocco fu sorprendentemente delicato e Kai sentì un'ondata di calore diffondersi nel corpo.

«Soffro di emicranie,» rispose. «Possono essere piuttosto debilitanti.»

«Ci siamo quasi,» disse Liu. «Ancora un piccolo sforzo.»

La sorresse con un braccio e avanzarono lentamente lungo il corridoio, fermandosi davanti a una porta di legno sulla destra. Liu la aprì e l'aiutò a entrare. La stanza era spaziosa, con diversi letti allineati lungo le pareti. Ai piedi di ogni letto c'era un baule, e Kai presunse che fosse lì che avrebbe potuto riporre le sue cose.

«Può prendere l'ultimo letto in fondo a sinistra.»

Kai guardò dove Liu le stava indicando e vide una ragazza, che sembrava avere la sua stessa età, sdraiata su uno dei letti. Indossava una cotta di maglia e teneva i piedi incrociati, con gli stivali sporchi appoggiati sulla coperta bianca e pulita che rivestiva il letto.

«Quando si terrà la cerimonia?» chiese Kai, guardando Liu. Nonostante la sua curiosità riguardo agli altri Prescelti, non voleva davvero restare da sola con loro.

«Tra qualche giorno. Stiamo aspettando l'arrivo dei draghi. Senza di loro, non c'è molto che possiamo fare. Devo chiamare un medico?»

«No, sto bene. Il dolore va e viene. Non c'è nulla che si possa fare. I miei genitori le hanno provate tutte.»

«Capisco. Allora La lascio riposare.»

«Aspetti. Cosa facciamo finché non arrivano i draghi?»

«Quello che desidera, purché rimanga all'interno del castello.»

«Siamo prigionieri?» chiese Kai.

«Certo che no. È per la Sua protezione. Se desidera uscire, posso organizzare una scorta armata che La accompagni nel parco del castello?»

Kai esitò. L'idea di essere libera di fare ciò che voleva le era estranea. Alla fine, scosse la testa.

«No, grazie. Resterò dentro.»

«Eccellente,» disse Liu, e Kai ebbe la sensazione che fosse contento di non doverle organizzare una pattuglia. «Cibo e acqua verranno forniti ogni poche ore. Se non ha bisogno di altro, tolgo il disturbo.»

Sebbene lo avesse appena conosciuto, lo considerava un amico ed era restia a congedarlo. Si ricordò che non aveva amici e che lui era solo un soldato incaricato di proteggerla.

«Non ho bisogno di nulla,» disse.

Lui sorrise e chinò il capo verso di lei, poi lasciò la stanza. Kai rimase goffamente immobile per un lungo momento, indecisa se sdraiarsi sul letto o vagare per il castello. Il dolore le artigliava l'interno del cranio e decise che sdraiarsi era l'opzione migliore. Si incamminò lungo la fila di letti, lanciando un'occhiata alla donna in cotta di maglia mentre le passava accanto.

La donna socchiuse gli occhi e ricambiò il suo sguardo, costringendo Kai a distogliere il proprio. Salì sul letto e si sdraiò, sorpresa dalla comodità del materasso.

«Sono Siran,» disse la donna.

Kai sollevò la testa e la guardò. Aveva di nuovo gli occhi chiusi, ma in qualche modo le sembrava che la donna la stesse osservando.

«Sono Kai.»

«Sembra un po' troppo delicata per essere una Prescelta. Lo è?»

«Lo sono.»

Siran grugnì. Ci fu una lunga pausa, poi disse: «Gli altri erano qui prima, ma sono andati a esplorare il castello. Tipico dei popolani. Si impressionano per cose banali.»

«Quanti altri ce ne sono?» chiese Kai.

«Dieci, credo. Non li ho contati sul serio. I servi sussurravano che siamo il gruppo di Prescelti più piccolo che si sia visto da anni.»

Kai non sapeva se fosse un bene o un male, e non chiese. Pasticciava nervosamente con il bordo della sua veste, passandosi il tessuto sotto le unghie. Era un tic nervoso.

«Fa troppo rumore,» disse Siran.

«Mi scusi.»

«Era uno scherzo. In realtà, è troppo silenziosa. Dica qualcosa.»

«Non sta cercando di dormire?»

«No. Sto ascoltando il mio drago.»

«Cosa intende?»

«Pensa. E quando pensa, io ascolto. Mi aiuta a conoscerlo.»

Kai rimase in silenzio per un momento, indecisa se dire quello che pensava. Decidendo di essere stanca di mantenere un'illusione, parlò.

«Com'è? Sentire il proprio drago, intendo?»

2

Siran si mise a sedere e la guardò. «Cosa vuoi dire? Non senti il tuo drago?»

«Non credo. Come potrei saperlo?»

«Lo sapresti, fidati. Cosa *senti*? Dovrebbe essere una voce nella tua mente.»

Kai sentiva sempre un ronzio nelle orecchie, e sospettava da tempo che fosse legato ai suoi mal di testa, anche se non sapeva se ne fosse la causa o un effetto collaterale.

«È difficile da descrivere, ma c'è un rumore costante. Di certo non è una voce.»

Siran aggrottò la fronte. «È strano. Sono sicura che il Maestro Satoshi potrà aiutarti.»

«*Il* Maestro Satoshi?»

«Sì.»

Kai non poteva crederci. Il Maestro Satoshi era un eroe. Aveva salvato la vita dell'imperatore per ben due volte, e la sua lista di onorificenze era lunga.

«L'hai mai incontrato?»

«Non ancora» rispose Siran.

«Pensi che le leggende su di lui siano vere?»

«Sono sicura che ci sia del vero, ma come molte altre cose, probabilmente sono esagerate. Insomma, dicono che abbia eliminato una dozzina di Drakka da solo. È impossibile.»

Kai aveva sentito quella storia molte volte. Sebbene non avesse mai visto un Drakka dal vero, ne aveva visto dei disegni. Se fossero stati anche solo simili alle illustrazioni, non c'era modo che un uomo solo potesse sconfiggerne un intero gruppo.

«Ad ogni modo, di dove sei?»

Kai esitò prima di rispondere. Le avevano insegnato che era imprudente rivelare troppo agli sconosciuti, ma decise che, siccome avrebbe passato il suo prossimo futuro con Siran e gli altri Prescelti, non sarebbe stato male farseli amici.

«Vengo dal sud. Da Woncheok.»

«Ne ho sentito parlare. Non ci sono mai stata, però. Io sono di Posong.»

«Dov'è?» chiese Kai.

«A una settimana di viaggio a sud-ovest da Woncheok. Non c'è niente che valga la pena vedere lì. Per lo più solo terreni agricoli.»

«I tuoi genitori sono contadini?»

Siran sbuffò. «Neanche per sogno. Mio padre è un Amministratore.»

«Anche il mio.»

«Grazie agli dei non sono l'unica nobile qui. Gli altri sono tutti plebei.» Siran aggrottò la fronte. «Non so perché permettano loro di legarsi ai draghi.»

«Non sta a noi decidere» replicò Kai. «Sono i draghi a scegliere i loro cavalieri.»

Tra loro calò il silenzio e Kai chiuse gli occhi. Il ronzio costante era più forte qui, e il dolore di un altro mal di testa stava arrivando. Cercò di scacciarlo, ma presto la sopraffece.

«Stai bene?» chiese Siran, notando il suo disagio.

«Starò bene» sussurrò Kai a denti stretti.

«Hai bisogno di un po' d'acqua o qualcosa del genere? Devo chiamare la tua guardia?»

«No.» Kai ansimò per il sollievo mentre il dolore si ritirava. «No, sto bene. A volte ho mal di testa.»

«Dovresti farti vedere da uno dei medici per questo. Possono darti qualcosa per il dolore.»

«Ci sono già stata da molti in passato. Niente aiuta.»

«Potresti rimanere sorpresa. Vengo con te, se vuoi.»

Kai fu colta alla sprovvista dalla gentilezza della ragazza. «Io... suppongo che tentare non costi nulla.»

«Seguimi.»

Siran la condusse fuori dalla stanza e attraversarono i corridoi fino a raggiungere un'ampia sala dal soffitto alto. L'aria era impregnata dell'odore pungente di erbe e del basso mormorio di voci. Kai vide file di letti, alcuni dei quali occupati da pazienti in vari stati di salute.

Una guaritrice dal viso gentile sedeva a un tavolo di legno, macinando foglie secche con un mortaio e un pestello. Alzò lo sguardo su Kai e sorrise.

«Posso aiutarla?»

La donna aveva un volto segnato dal passare di molti anni, e le sue vesti bianche frusciavano mentre le mani rugose continuavano a lavorare. Kai esitò, incerta su cosa dire.

«Ha mal di testa» rispose Siran per lei.

«Venga, si sieda.» La donna le indicò uno sgabello accanto a sé.

«L'aspetto fuori» disse Siran. «Tutto questo» gesticolò con la mano, «mi mette a disagio.»

Prima che Kai potesse rispondere, Siran si voltò e uscì nel corridoio. Inspirando profondamente, Kai si avvicinò al tavolo e si sedette accanto alla donna.

«Mi parli del suo dolore» disse la donna.

«Ho mal di testa, come ha detto lei. Li ho fin da quando ero piccola. Arrivano all'improvviso e il dolore è forte. Ultimamente sono peggiorati e sono più frequenti, ma nessun medico che ho consultato è stato in grado di aiutarmi.»

La donna annuì, le mani ancora intente a lavorare con mortaio e pestello, ma i suoi occhi erano concentrati su Kai. «Dove sente il dolore? È dietro gli occhi?»

«No» rispose Kai. «È vicino alla nuca, quasi sul collo.»«Capisco. Si avvicini. I miei occhi non sono più acuti come una volta.»

Kai inclinò la testa verso la donna. Quest'ultima posò il pestello e mise una mano gentile sulla fronte di Kai. Kai sentì un'energia calda emanare dal tocco della guaritrice, che lenì il debole dolore residuo.

«Non ogni dolore è della carne» disse lei in modo criptico.

«Cosa vuole dire?»

«C'è una strana energia intrecciata dentro di lei.»

«Sta parlando del mio drago?»

«No.» La donna non offrì alcuna spiegazione. «La medicina può aiutarla per un breve periodo, ma non risolverà i suoi problemi. Deve cercare la fonte del suo dolore dall'interno e riequilibrare il suo *ki*. Solo allora i suoi mal di testa cesseranno.»

Kai sbatté le palpebre e aggrottò la fronte. Per il senso che avevano avuto le sue parole, la donna avrebbe potuto parlare un'altra lingua.

«Cosa devo fare?»

«Non posso darle tutte le risposte. Io le indico solo la direzione. Lei deve fare il resto.»

Le parole ambigue della donna non furono di particolare aiuto, ma Kai sorrise comunque. Fingere era qualcosa a cui si era abituata.

«Grazie» disse, alzandosi dallo sgabello.

«Prenda questo. Le darà un po' di sollievo, ma lo usi solo quando il dolore è insopportabile. Consumarne troppo potrebbe ottunderle i sensi e annebbiarle la mente.»

Kai accettò un piccolo sacchetto pieno di erbe prima di tornare nel corridoio. Siran era lì ad aspettarla.

«Ti ha aiutata?»

«Non ne sono sicura. Mi ha dato questo.» Kai sollevò il sacchetto e Siran ci guardò dentro, arricciando il naso.

«Quella roba può creare dipendenza. Cerca di non usarla se non è strettamente necessario.»

«È quello che mi ha detto», rispose Kai.

Mentre camminavano lungo il corridoio, la luce delle torce tremolava sulle pareti di pietra. Kai stringeva forte il sacchetto di erbe, ripercorrendo con la mente le parole della guaritrice.

«Ha detto una cosa che non capisco», disse Kai, con la voce che echeggiava nel corridoio deserto.

«Cosa?»

«Qualcosa riguardo al sistemare il mio *ki*. Non è stata molto chiara.»

«Il tuo *ki* ti collega al tuo drago, tra le altre cose. Non so molto di più. Forse il Maestro Satoshi avrà più risposte.»

Kai sperava che qualcuno, chiunque, potesse darle qualche risposta ad alcune delle sue domande. La più pressante di tutte era: perché non riusciva a sentire la voce del suo drago, se era la Prescelta?

3

Quando tornarono nella loro stanza, gli altri Prescelti erano già lì. Un coro di voci riempiva l'aria, parlavano tutti animatamente.

«Cosa ci siamo perse?» chiese Siran a voce alta.

«I Giurati hanno catturato un Drakka. Lo stanno mettendo in sicurezza così potremo studiarlo senza correre pericoli.»

Kai guardò colui che aveva parlato. Sembrava avere più o meno la sua età, anche se era più alto di lei di una trentina di centimetri. Aveva i capelli scuri che gli ricadevano disordinatamente sulla fronte e occhi scuri e incappucciati. A giudicare dall'abbronzatura intensa, Kai immaginò che lavorasse all'aperto, probabilmente nelle risaie. Lui incrociò il suo sguardo, poi i suoi occhi la squadrarono da capo a piedi.

Un brivido le corse lungo la schiena per l'intensità del suo sguardo, e Kai distolse gli occhi. C'era qualcosa in lui che la metteva a disagio, anche se non riusciva a capire esattamente cosa fosse. Sembrava abbastanza normale.

«Sono Ichiro» si presentò lui. «Piacere di conoscerti, compagna Prescelta.»

«Sono Kai.»

«Hai già visto i giardini del castello?»

«Brevemente. Sono appena arrivata.»

«Potrei farti fare un giro, se ti va.»

Prima che Kai potesse rispondere, un altro dei Prescelti si unì a loro, le labbra dischiuse in un sorriso disarmante. «Non badargli. Cerca solo una scusa per saltare l'addestramento.»

Ichiro si accigliò. «Ignora Jiro. Mette sempre il naso dove non dovrebbe.»

Jiro alzò gli occhi al cielo, ma Kai capì che il loro era solo un battibecco scherzoso. La somiglianza tra loro era evidente, e i loro nomi rendevano ovvio che fossero fratelli, dato che Ichiro significava figlio primogenito.

Mentre le schermaglie tra Ichiro e Jiro continuavano, Kai si ritrovò a rilassarsi in loro compagnia. La tensione che le si era accumulata nelle spalle da quando era arrivata alla fortezza cominciò a sciogliersi, e riuscì persino ad abbozzare un piccolo sorriso di fronte alla loro rivalità fraterna. Decise di mettere da parte le sue riserve.

«Vuoi ancora mostrarmi i giardini?» chiese Kai.

«Certo. Andiamo prima che Jiro ti convinca che le sue visite guidate sono migliori» scherzò Ichiro, guadagnandosi una spinta scherzosa dal fratello.

Kai guardò Siran, che era rimasta in silenzio al suo fianco. «Vuoi venire con noi?»

Pensava che la ragazza avrebbe rifiutato, e fu sorpresa quando Siran si strinse nelle spalle.

«Certo.»

Il gruppo si avviò attraverso i corridoi labirintici del castello, incrociando servitori indaffarati e nobili intenti nelle loro faccende. Ichiro si dimostrò una guida esperta, intrattenendo Kai con racconti sulla storia della fortezza e indicandole angoli nascosti e nicchie dove ci si poteva rifugiare per un momento di solitudine.

Mentre passeggiavano in un giardino aperto pieno di fiori profumati, Kai notò una figura in piedi ai margini del giardino, che li osservava con intenso interesse. La persona era ammantata nell'ombra, i suoi lineamenti oscurati. A Kai si mozzò il respiro in gola, percependo una strana familiarità emanare dalla figura misteriosa. Prima che potesse reagire, la persona si voltò e scomparve nelle ombre, lasciando Kai con un senso di inquietudine che le pungeva la pelle.

«L'hai visto?» sussurrò Kai a Siran, la quale scosse la testa.

«Visto cosa?» chiese Ichiro, guardandosi intorno.

«Niente. Lascia perdere.»

Ichiro continuò la visita, ma Kai non riusciva a scrollarsi di dosso la sensazione di essere osservata. Notava fugaci movimenti con la coda dell'occhio e sentiva sussurri trasportati dal vento che sembravano pronunciare il suo nome. Ogni volta che si voltava per controllare, non c'era nulla.

Raggiunsero una parte appartata del giardino, e Ichiro si fermò e si voltò verso Kai, con un lampo malizioso negli occhi. «Qui c'è un passaggio segreto che conduce a un belvedere con una vista mozzafiato sulla valle. Ti andrebbe di vederlo?»

Kai esitò. Nonostante sapesse che non avrebbero dovuto avventurarsi fuori dal castello, sentì il richiamo della trasgressione. Aveva passato tutta la vita a rispettare le regole... che male c'era a trasgredire una volta? Inoltre, una volta diventata una

Giurata, avrebbe potuto non vivere abbastanza a lungo per godersi un altro momento come quello. Annuì.

Ichiro aprì la strada, e si infilarono in uno stretto passaggio nascosto da viti incolte e pietre coperte di muschio. L'aria si fece più fresca mentre scendevano sottoterra, con il debole suono di gocce d'acqua che echeggiava intorno a loro. Il sentiero iniziò a salire e sbucarono dall'altra parte delle mura.

La fitta volta di foglie sopra di loro proiettava ombre screziate sul terreno, e l'inquietudine di Kai aumentò. L'aria sembrava farsi più pesante a ogni passo che facevano. Ichiro continuò a guidarli, con passo sicuro e deciso. Gli alberi si aprirono su una radura dove un altopiano di pietra si affacciava sulla valle sottostante. Ichiro si avvicinò al bordo dell'altopiano e indicò con un gesto teatrale la vasta valle ai loro piedi.

«Ecco, le terre che proteggeremo una volta diventati Giurati» proclamò.

Mentre gli altri salivano sull'altopiano, un'improvvisa raffica di vento sferzò la radura, facendo oscillare e scricchiolare gli alberi. Kai rabbrividì, sentendo un presentimento sinistro pervaderla. La vista della valle si stendeva davanti a loro, e il cielo era immerso nelle sfumature arancioni e rosse del sole al tramonto. Kai si avvicinò al bordo, il cuore che le batteva forte nel petto mentre ammirava lo scenario mozzafiato.

In lontananza, notò qualcosa di strano all'orizzonte. Una nuvola scura si stava avvicinando rapidamente, gonfiandosi e agitandosi in modo innaturale. La paura le punse la nuca e si voltò verso gli altri con gli occhi sgranati.

«Cos'è quello?» chiese.

L'atteggiamento sicuro di Ichiro vacillò per un momento mentre seguiva lo sguardo di Kai verso la nuvola minacciosa. La sua espressione si fece cupa e serrò la mascella.

«Sembra una tempesta» rispose.

Jiro fece un passo indietro, la sua giocosità sostituita dal nervosismo. «Dovremmo tornare indietro. Ora.»

Ichiro annuì, senza discutere. Si ritirarono attraverso il tunnel umido e buio, e un senso di urgenza aleggiava nell'aria. Nella mente di Kai turbinavano pensieri sulla tempesta in avvicinamento. Che tipo di tempesta poteva muoversi con tale malevolenza e rapidità? E perché la riempiva di una paura primordiale che non riusciva a scrollarsi di dosso?

Riemersi nel giardino, furono accolti da una quiete spettrale che contrastava nettamente con il caos che incombeva all'orizzonte. I colori un tempo vivaci del crepuscolo si erano spenti in una tavolozza tetra, mentre nubi scure si ammassavano sopra le loro teste, cancellando gli ultimi resti di luce solare. Un rintocco dal campanile ruppe la quiete, un suono profondo e risonante che vibrò per tutto il parco del castello.

«Entriamo», disse Siran, con un tono carico di autorità.

Ichiro e Jiro scattarono via. Era ovvio che fossero abituati a prendere ordini. Kai alzò lo sguardo mentre la pioggia iniziava a picchiettare intorno a loro, e si affrettò per raggiungere Siran. Entrarono nell'atrio principale e Kai notò che un silenzio innaturale era calato sulla fortezza.

I servitori si muovevano con un silenzio studiato, i loro passi appena udibili mentre sbrigavano le loro mansioni. I nobili si mescolavano e conversavano a bassa voce, le loro parole cariche di un'aria di segretezza. Un gruppo di Giurati passò loro accanto, le espressioni tese che tradivano il peso delle loro responsabilità.

«Che sta succedendo?», bisbigliò Kai.

«Non lo so... ma probabilmente dovremmo prepararci al peggio».

4

La strana tempesta assediò Ikje per due giorni interi. Il vento ululante e la pioggia incessante si abbatterono sulla fortezza, causando infiltrazioni d'acqua attraverso le fessure e allagando la biblioteca. Kai e gli altri Prescelti furono costretti ad aiutare i servitori, che si affannavano freneticamente per arginare il flusso. Asciugarono il pavimento e spostarono i preziosi tomi in aree più sicure.

Il paesaggio all'esterno della fortezza subì danni peggiori. Alberi secolari che avevano resistito a ogni sorta di intemperie presero fuoco a causa dei fulmini, ridotti in cenere in un istante. I fiumi si ingrossarono e straripparono, spazzando via i germogli di grano che già stentavano a crescere.

Quando non aiutava i servitori, Kai passava il tempo a guardare fuori dalla finestra. L'oscurità minacciosa che avvolgeva Ikje sembrava insinuarsi fin nelle sue ossa, riempiendola di un profondo senso di presagio. Con il passare delle ore, che diventavano giorni, tra le mura del castello iniziarono a circolare voci secondo cui una maledizione era caduta su Ikje, che uno spirito vendicativo era stato scatenato per una qualche trasgressione sconosciuta. Kai cercò di liquidare queste voci come mere superstizioni, ma non riusciva a scrollarsi di dosso la sensazione di essere osservata, di occhi invisibili che seguivano ogni sua mossa.

La mattina del terzo giorno, la tempesta si placò. Kai fu svegliata da qualcuno che bussava fragorosamente alla porta della loro stanza. Si mise a sedere e si guardò intorno, intontita. Gli altri Prescelti furono più lenti a muoversi. Erano esausti quanto lei, e non li biasimava per non volersi alzare. La porta si spalancò e Liu entrò nella stanza a grandi passi, seguito da una dozzina di altre guardie.

«Alzatevi e preparatevi», disse Liu. «La colazione è pronta nella sala da pranzo e, una volta che avrete mangiato, verrete nelle segrete per studiare il Drakka.»

Lo stomaco di Kai si rivoltò al pensiero di vedere una di quelle creature in carne e ossa. Le guardie se ne andarono e i Prescelti si vestirono in fretta e si diressero verso la sala da pranzo, dove li attendeva un pasto semplice a base di riso e pane. Kai mangiò in silenzio, i suoi pensieri che le pesavano sulla mente. Si chiese come se la fossero cavata i suoi genitori durante la tempesta. Nessuno le aveva riferito che fosse successo loro qualcosa, quindi presumeva stessero bene.

Dopo il pasto, Liu e le altre guardie li condussero nelle segrete. Le torce tremolavano lungo le pareti di pietra e l'aria era umida e calda. Il suono dell'acqua che gocciolava echeggiava nell'ombra, un residuo della tempesta.

Le segrete erano una serie di tunnel serpeggianti fiancheggiati da celle. Proseguirono fino a un vicolo cieco, dove una pesante porta di ferro sbarrava il cammino. Liu estrasse un mazzo di chiavi, aprì la porta e poi fece loro cenno di entrare. Kai scambiò un'occhiata con gli altri Prescelti prima di varcare la soglia.

La stanza era ben illuminata da sfere di luce bianca che fluttuavano in alto. Diverse figure in vesti blu bordate d'oro erano allineate lungo le pareti, la loro completa attenzione rivolta alla forma imponente al centro della camera. Incatenata al pavimento di pietra c'era una creatura diversa da qualsiasi cosa Kai avesse mai visto prima.

Possedeva una corporatura muscolosa con spalle larghe, e la sua pelle era di una tonalità verde che luccicava come argilla bagnata. Una criniera di selvaggi capelli nero corvino le scendeva lungo la schiena in onde aggrovigliate. Il volto della creatura era una maschera grottesca di furia e malvagità. Due lunghe corna ricurve le spuntavano dalla testa, affilate e lucenti come ebano levigato. Corna più piccole si incurvavano all'indietro dalle spalle, e il suo naso era largo e piatto, con narici che si dilatavano a ogni espirazione, mentre un'ampia bocca rivelava file di zanne affilate e ingiallite che sembravano fatte per strappare la carne dalle ossa.

A ornare i suoi potenti arti c'erano bracciali e cavigliere borchiati di ferro. Le mani artigliate, con ogni dito che terminava in un artiglio nero come la notte, sembravano capaci di frantumare la pietra e squarciare l'armatura con facilità. Appeso liberamente ai fianchi c'era un perizoma lacero, l'unica parvenza di abbigliamento che indossava.

Kai sentì il fiato mancarle mentre osservava la scena. Aveva sentito racconti sui Drakka fin da bambina, del loro temibile potere e della loro insaziabile fame di distruzione. Trovarsi così vicino a uno di essi le provocò un'ondata di terrore lungo la schiena.

Liu si fece avanti, la voce ferma ma venata di cautela. «Questo è il nostro nemico. Sono creature stupide, ma ciò che manca loro in ingegno lo compensano con la forza bruta e la ferocia. Notate la sua pelle verde. Qualcuno di voi sa dirmi cosa significa?»

«Io lo so», rispose Siran. «I Drakka verdi hanno potere sulla terra.»

«Qualcuno ha passato del tempo a studiare», disse Liu, passando lo sguardo sugli altri. «Quelli verdi sono i più comuni, ma ce ne sono altri. Per ora ci concentreremo su questo. I Drakka sono forti oltre misura, ma non sono invincibili. Il vostro drago può facilmente sbarazzarsi di uno di loro, ma se vi trovate a combatterne uno da soli, la vostra opzione migliore è colpire qui.» Liu si avvicinò alla bestia e indicò il suo petto. «Una lama affilata al cuore sarà sufficiente.»

Il Drakka tese le catene e, nonostante il contegno sicuro di Liu, questi saltò indietro. Le catene tennero e i Prescelti ridacchiarono nervosamente.

«Lo abbiamo legato», disse uno degli uomini in vesti. «Non si libererà.»

Kai rivolse la sua attenzione all'uomo. Le sue vesti blu indicavano che era un Inquisitore, un soldato dell'impero dotato del potere di controllare la magia. Kai non aveva mai incontrato un Inquisitore, ma sembrava un uomo comune come tanti altri.

Liu continuò la sua lezione, indicando i vari punti deboli sul corpo del Drakka e come difendersi dai suoi attacchi brutali. Il Drakka spostò il peso, i muscoli che si increspavano sotto la sua pelle di smeraldo. Sembrava irradiare un'energia primordiale che intrigava e terrorizzava Kai allo stesso tempo. Non riusciva a staccare lo sguardo dalla creatura, nonostante il disagio che le si agitava nello stomaco. La bestia spostava lo sguardo avanti e indietro da Liu agli Inquisitori. Lui aveva detto che erano stupidi, ma Kai sentiva che il Drakka li stava studiando, calcolando un modo per fuggire.

«Sembriate tutti terrorizzati», disse Liu, riportando l'attenzione di Kai su di lui. «E fate bene, ma presto non sarete più Prescelti. Sarete Giurati e, come tali, è vostro dovere proteggere e difendere l'impero da loro. Kai, si avvicini.»

La schiena di Kai si irrigidì alla menzione del suo nome. Incontrò lo sguardo di Liu, e lui annuì leggermente. Il suo compito era proteggerla, quindi se non pensava ci fosse alcuna possibilità che il Drakka la ferisse, allora avrebbe dovuto fidarsi di lui... o no? Deglutì a fatica e si avvicinò lentamente alla creatura.

All'inizio la ignorò, ma le sue narici si dilatarono, e girò di scatto la testa verso di lei.

«Calmi le sue paure», la istruì Liu. «Sostenga il suo sguardo e gli faccia sapere che non ha paura.»

Kai alzò lo sguardo verso il Drakka e sostenne il suo. Le ginocchia le tremavano, ma riuscì a non far contrarre il viso per la paura. La creatura annusò l'aria una, due volte, e poi si chinò, guardandola con curiosità. C'era intelligenza nei suoi occhi. Poteva vederla chiaramente. Qualcosa dentro di lei la spinse a tendere la mano.

Esitante, sollevò la mano destra e la protese. Il Drakka annusò di nuovo, poi i suoi occhi si indurirono, l'intelligenza rimpiazzata dalla furia; ringhiò e cercò di addentare la sua carne. I piedi le si impigliarono mentre cercava di muoversi e cadde pesantemente all'indietro, con gli occhi sbarrati dal terrore. Il Drakka contrasse i suoi massicci muscoli, tendendo le catene al limite. Un lampo di luce blu illuminò la camera, accecandola temporaneamente. Il Drakka lanciò un urlo di dolore e rabbia.

Kai sbatté le palpebre rapidamente finché la vista non le si schiarì. Liu era in piedi sopra di lei e le porse la mano. Lei l'afferrò e lui la rimise in piedi.

«Che cosa stava facendo?» chiese lui a bassa voce, spostando lo sguardo da lei agli altri Prescelti.

«Io... non lo so.»

«Non lo faccia mai più.»

Kai annuì. Sentì la gola stringersi, e deglutire non fu d'aiuto. Arretrò fino al punto in cui si trovavano gli altri Prescelti e fissò il Drakka. C'era qualcosa... di familiare in quella creatura. Sapeva che era impossibile, eppure l'aveva percepito. Una sensazione intangibile nel profondo del suo essere.

Cosa poteva significare?

5

Il resto del tempo trascorso con i Drakka passò senza incidenti. Kai voleva schiarirsi le idee e Siran non se la sentiva di unirsi a lei, così Liu la seguì a distanza mentre vagava per il giardino. I ciottoli erano ancora scivolosi per la pioggia, ma il sole era alto nel cielo e qua e là lei notò alcuni tratti del sentiero che si stavano asciugando.

Non riusciva a togliersi dalla mente la vista del Drakka. Lanciando un'occhiata a Liu alle sue spalle, gli fece cenno di raggiungerla.

«Tutto bene?»

«Sì,» rispose lei. «Quanto manca prima che i draghi arrivino per la cerimonia?»

«Dovrebbero arrivare entro un giorno o due. La tempesta ha ritardato il loro arrivo. Anche se non è l'ideale, i servi ne sono contenti. Dà loro più tempo per prepararsi alla cerimonia. La pioggia ha rovinato tutto.»

Mors tua, vita mea, pensò tra sé e sé. Chiuse gli occhi mentre un'ondata di dolore la travolgeva, ma svanì rapidamente. I mal di testa si erano attenuati negli ultimi giorni e non aveva avuto bisogno di prendere nessuna delle medicine che il guaritore le aveva dato.

«Voglio chiederti una cosa.»

«Dimmi pure.»

«Temo che penserai che sono pazza,» ammise Kai.

«La paura non dovrebbe impedirti di cercare risposte.»

«Per te è facile dirlo.» Fissò dei fiori, cercando di capire come formulare la sua domanda. «Hai detto che i Drakka non sono intelligenti, ma come facciamo a saperlo?»

«Li abbiamo studiati abbastanza a lungo da poter esprimere questo giudizio basandoci sul loro comportamento. Ci sono innumerevoli ragioni per cui crediamo che sia vero. Sono guidati solo dall'istinto. Non ci sono capi tra le loro file. Consumano ogni cosa senza pensare e senza preoccuparsi neppure della loro stessa sopravvivenza.»

«Allora perché non li abbiamo sconfitti?»

Liu rise, ma non c'era nulla di divertente nella sua domanda. «Non sei la prima a chiederlo, ma non ho una risposta.

Nonostante i molti che uccidiamo, il loro numero non sembra mai diminuire.»

Kai si accigliò, turbata dalle sue parole. Non riusciva a liberarsi della sensazione che nei Drakka ci fosse più di quanto non apparisse, che avessero una profondità ancora da comprendere. Una folata di vento soffiò nel giardino e l'odore di terra umida le ricordò casa.

«I miei genitori stanno bene? Intendo, dopo la tempesta.»

«Stanno bene. Mi sono accertato di persona dopo che la tempesta è passata.»

«Meno male. Grazie per aver controllato.»

Mentre passeggiavano lungo un sentiero fiancheggiato da camelie dai colori vivaci, Kai raccolse il coraggio per porre la sua vera domanda. «E se ci fossimo sbagliati sui Drakka per tutto questo tempo?»

«In che senso?»

«E se fossero più furbi di quanto pensiamo? Forse ci hanno solo fatto credere di non avere intelligenza.»

«L'idea che i Drakka possano possedere un livello di intelligenza che dobbiamo ancora comprendere è a dir poco inquietante. Ma le migliori menti dell'impero li hanno studiati a fondo. Anche se fossero più furbi di quanto sappiamo, abbiamo delle strategie in atto per proteggerci.»

«Ma se le nostre strategie si basassero su presupposti errati?» insistette Kai, la mente che correva pensando alle implicazioni delle sue stesse parole. «E se dovessimo ripensare a tutto ciò che sappiamo sui Drakka per sconfiggerli veramente?»

Liu la guardò pensieroso. «Devo ammettere che le tue domande mi lasciano perplesso, ma non perché penso che tu sia pazza,» aggiunse, zittendola prima che potesse protestare. «Il tuo modo di ragionare sfida tutto ciò che sappiamo, quindi è difficile perché... non ho le risposte. Supponiamo che tu abbia ragione su questo. Cosa dovremmo fare allora?»

Kai lo fissò, senza parole. Cosa, davvero? «Come te, non ho una risposta. Prima...» la sua voce si spense, incerta se dovesse dire altro.

«Prima...?»

«Ho avuto la sensazione che *quello* mi fosse in qualche modo familiare.»

«Ne hai già incontrato uno così?»

«No. Fino a oggi, non avevo mai visto un Drakka. So che non ha senso, ma l'ho *sentito*.»

«Continuo a non pensare che tu sia pazza, ma la cosa mi preoccupa. Parlerò con il

Maestro Satoshi. Forse potrà darci dei consigli. Anche il tuo drago ha provato la stessa sensazione?»

Kai distolse lo sguardo da Liu. Non poteva dirgli la verità. Se si fosse sparsa la voce che una Prescelta non poteva sentire la voce del proprio drago, non si poteva prevedere quale sarebbe stata la reazione. Avrebbero potuto accusare sua madre di aver mentito sulla percezione del Segno. Immaginava che ne sarebbe risultato un disonore.

«Non ho consultato il mio drago a questo proposito,» rispose Kai. Non era una bugia, non proprio.

«Ti suggerirei di farlo. Se anche il tuo drago l'ha sentito... be', dovremmo indagare ulteriormente.»

Kai annuì.

«Nel frattempo, non parlare di questo con nessun altro.» Liu si schiarì la gola e cambiò argomento. «La cerimonia è quasi alle porte. Immagino che tu sia emozionata all'idea di incontrare il tuo drago faccia a faccia?»

«A essere sincera, sono nervosa. Essere una Prescelta è un grande onore, ma non mi sento degna.»

«Se non lo fossi, il tuo drago non ti avrebbe scelta. Eppure, a modo mio, ti capisco. Non mi sento degno di proteggere una Prescelta.»

«Perché no?»

Liu sorrise. «Non vuoi conoscere i miei difetti.»

«Siamo tutti imperfetti. Sai che sono nervosa e spaventata. Dimmi perché pensi di non essere degno.»

«La tua vita è nelle mie mani,» rispose lui. «Non sono sicuro di essere in grado di garantire la tua sicurezza. È un fardello immenso.»

«So di essere qui solo da pochi giorni, ma non sembra esserci alcun pericolo. Penso che andrà tutto bene. Inoltre, una volta che sarò Consacrata, non sarai più assegnato a me.»

Un corno suonò in lontananza. Kai sussultò, con il cuore che le balzava in petto. Liu volse l'attenzione a ovest.

«Sono in anticipo,» disse.

«Chi?»

«I draghi.»

6

Il cortile era una cacofonia di voci, mentre la gente si radunava per assistere all'arrivo dei draghi. Liu e Kai erano tra la folla, con lo sguardo rivolto a ovest. Le sagome di una dozzina di draghi apparvero all'orizzonte, le loro forme maestose che solcavano il cielo con grazia e potere.

Le persone intorno a lei ansimarono e sussurrarono con stupore. Kai trattenne il respiro mentre osservava i draghi avvicinarsi, con le scaglie che brillavano alla luce del sole. Ogni drago era unico, con colori e disegni vivaci che li distinguevano l'uno dall'altro. Smeraldo, zaffiro, ametista e altri colori li accolsero, ma l'attenzione di Kai fu attratta da un drago in particolare. Le sue scaglie luccicavano come ematite grigia levigata, e Kai non ebbe dubbi che quello fosse il suo drago.

Il ronzio nelle orecchie di Kai si intensificò, raggiungendo un crescendo e soffocando i suoni della folla intorno a lei. Fortunatamente, non c'era dolore, ma questo non la fece sentire meglio. I draghi atterrarono nel campo fuori dal castello, ognuno emettendo un ruggito fragoroso che lei udì a malapena. Il frastuono era assordante e sentì le gambe indebolirsi. Temendo di stare per svenire, si aggrappò al braccio di Liu. Il ronzio cessò di colpo.

«Ancora mal di testa?» chiese lui a bassa voce.

Kai fece un breve cenno col capo, non volendo aumentare le sue preoccupazioni. «È passato in fretta» rispose.

Un boato si levò dalla folla mentre una figura avanzava con passo deciso sui bastioni delle mura. Alzò la mano destra, chiedendo silenzio.

«Brava gente di Ikje, grazie per essere venuti a onorare i nostri Prescelti. Questo gruppo è composto solo da una dozzina di membri, ma come tutti sappiamo, la forza di un cavaliere vale quella di molti. Questa sera celebreremo i nostri Prescelti con un banchetto e domani Presteranno Giuramento!»

La folla urlò la sua approvazione e l'uomo sul parapetto rientrò nel castello.

«Chi era?» chiese Kai.

«Quello era il Maestro Satoshi.»

Mentre il sole cominciava a tramontare, lanterne e bracieri furono accesi intorno al cortile, inondando ogni cosa di una luce calda. Lunghe tavolate erano state disposte nel cortile, cariche di cibo e bevande in abbondanza, e presto il cortile si animò di risate e chiacchiere, mentre la gente socializzava, celebrando l'imminente cerimonia. Kai sedeva tra Siran e Ichiro, travolta dai festeggiamenti, con i suoi dubbi e le sue preoccupazioni di poco prima momentaneamente accantonati dalla gioiosa atmosfera. Mangiò e bevve con gli altri, ascoltando storie di cerimonie passate e gesta leggendarie di cavalieri della loro storia.

Con il progredire della notte, la folla si disperse lentamente e un brivido si diffuse nell'aria. Kai si scusò, si alzò da tavola e sgusciò via tra le ombre del cortile, facendosi strada attraverso i corridoi labirintici del castello. Trovò una nicchia appartata che si affacciava sul paesaggio illuminato dalla luna oltre le mura e si appoggiò alla pietra fredda, stringendosi le braccia al corpo mentre un brivido le percorreva la schiena.

La luna era piena e luminosa, e gettava un bagliore argenteo sul paesaggio. Da quel punto di osservazione, poteva vedere i draghi riposare nel campo oltre le mura, le loro forme appena visibili nell'oscurità.

«Kai?»

Sobbalzò al suono del suo nome e si voltò per vedere Liu, con un'espressione indecifrabile.

«Stai bene?»

«Sì. Sto solo... pensando.»

«Il Maestro Satoshi ha richiesto la tua presenza.»

«È per quello che ti ho detto?»

Lui annuì in risposta. Kai era esausta e non desiderava altro che rannicchiarsi nel suo letto, ma sapeva che la richiesta del Maestro Satoshi era un ordine, non un invito. Si staccò dal muro e Liu la scortò attraverso il salone.

«Cosa ha detto quando gliel'hai raccontato?»

«Non molto. Ha ascoltato, e poi ha chiesto di vederti. Suppongo che voglia più dettagli.»

Kai seguì Liu in silenzio. Salirono una scala a chiocciola fino alla torre più alta del castello e si fermarono davanti a un portone di quercia. Liu bussò con decisione, annunciando la loro presenza, e furono invitati a entrare.

Kai entrò per prima nella stanza. Il Maestro Satoshi sedeva a una grande scrivania di legno ingombra di pergamene e altri rotoli. Alzò lo sguardo e le fece cenno di sedersi. La stanza era illuminata a giorno da una miriade di lanterne. Lei si avvicinò alla scrivania e si sedette, con le mani giunte in grembo.

Il volto del Maestro Satoshi era cesellato da lineamenti netti e spigolosi: zigomi alti, una mascella forte e un naso dritto e sottile che sembrava scolpito nella pietra. Occhi scuri e penetranti riflettevano la calma di un guerriero esperto, e i suoi capelli corvini erano legati all'indietro in un nodo da soldato. Emanava una quieta sicurezza, la sua presenza imponeva rispetto e attenzione. Sbigottita, Kai lo fissò in silenzio. Quell'uomo era un eroe, un modello di forza e onore.

«Liu mi dice che Lei ha sentito una connessione con il Drakka. Vorrei che mi raccontasse l'esperienza con le Sue parole.»

«Sì, mio signore.» Kai passò le dita lungo la stoffa dei suoi vestiti, cercando una cucitura da far scorrere sotto le unghie, ma non ce n'era nessuna. «È stato prima, quando stavamo studiando la creatura. Liu mi aveva chiesto di avvicinarmi, e quando mi ha guardata...»

«Continui.»

«Ho sentito qualcosa. È difficile da descrivere, ma era come se conoscessi quella creatura.»

«Liu ha detto che Lei non aveva mai visto un Drakka prima di oggi. È corretto?»

«Sì, mio signore.»

Le sopracciglia di Satoshi si corrugarono in un'espressione pensierosa. «E cosa ha detto il Suo drago a questo proposito?»

«Non gli ho ancora parlato.»

Lo sguardo di Satoshi si spostò da lei a Liu, che stava sull'attenti vicino alla porta. «Lasciaci soli,» gli ordinò. Liu obbedì e si chiuse la porta alle spalle.

«C'è altro che vuole che io sappia?»

«Non che mi venga in mente,» rispose Kai.

Satoshi si appoggiò allo schienale della sedia e la fissò, il suo sguardo aveva l'intensità di una tempesta implacabile. «La fiducia è un sentiero a doppio senso, Kai Lin. Come posso fidarmi di Lei se mi mente spudoratamente?»

Le guance di Kai si imporporarono di calore. «Mi-mi dispiace, mio signore.» Le sue mani tremavano mentre si agitava. L'espressione di Satoshi si addolcì leggermente osservando il suo turbamento.

«L'onestà è fondamentale nel nostro ordine. Ci basiamo sulla fiducia e sulla trasparenza per sostenere i nostri valori e le nostre tradizioni,» spiegò con tono misurato. «Ora, proviamo di nuovo. C'è altro che vuole che io sappia?»

Gli occhi di Kai si riempirono di lacrime e, nonostante i suoi sforzi per trattenerle, una le sfuggì e le scivolò lungo la guancia. Aprì la bocca per parlare, la richiuse e strinse i pugni. Ciò che stava per dire avrebbe potuto portare un disastro sulla sua famiglia.

«Non ho mai parlato con il mio drago.»

7

«Lo sospettavo.»

Kai attese la confusione, l'indignazione, le ripercussioni che ne sarebbero sicuramente seguite. Invece, il Maestro Satoshi rimase stranamente calmo, con lo sguardo impassibile. Il cuore le martellava nel petto, incerta su cosa sarebbe successo dopo.

«Perché non ha parlato con il Suo drago?»

«Io... non riesco a sentirlo. C'è solo un ronzio nella mia mente. Ho provato innumerevoli volte a comunicare con lui, ma è inutile. Temo di non essere una vera Prescelta.»

«Il silenzio non significa assenza. Potrebbe darsi che il Suo drago stia aspettando che Lei si ponga in ascolto in un modo diverso.»

La confusione annebbiò la mente di Kai. Cosa intendeva con "un modo diverso"? Aveva provato a comunicare con il suo drago

47

attraverso pensieri e sentimenti, come le era stato insegnato, ma senza alcun risultato.

«Ho provato tutto ciò che mi è venuto in mente,» disse.

«Qui non deve temere alcun giudizio. Non sono rapido a condannare, specialmente in questioni che riguardano il legame. È una connessione sacra, che non può essere forzata o imposta. Per alcuni, il legame è incerto, debole. È come un muscolo. Ha bisogno di essere usato, esercitato. Lei non è la prima Prescelta ad avere questo problema, sebbene non sia comune.»

Kai sentì un peso sollevarsi dalle sue spalle alle parole del maestro. Incrociò il suo sguardo, vedendo comprensione ed empatia riflesse nei suoi occhi. «Avevo paura...»

«Aveva paura di essere fraintesa,» concluse lui per lei. «Ma Le assicuro che ho visto molti cavalieri affrontare difficoltà simili nel comunicare con i loro draghi. È un processo che richiede tempo e pazienza. Per molti, è solo questione di incontrare il proprio drago. Vederlo in carne e ossa può aiutare a solidificare il legame.»

Kai assimilò le parole del Maestro Satoshi, sentendo un barlume di speranza accendersi dentro di sé. Le sue parole alleviarono le paure che l'avevano tormentata per così tanto tempo. Forse aveva ragione. Annuì lentamente, grata per la sua comprensione e guida. Le parole della guaritrice le tornarono improvvisamente in mente.

«Qualcuno mi ha detto che ho una strana energia nel mio *ki*. Sa cosa intendesse?»

«Il *ki* è la forza vitale che scorre dentro di noi, connettendoci a tutte le cose del mondo. Si dice che il *ki* di ogni individuo sia unico, un riflesso della sua essenza e del suo spirito. Non sono un guaritore, ma oserei dire che la vergogna che prova ha intorbidito il Suo *ki*. Lo purifichi e potrebbe aiutarla a sbloccare la connessione con il Suo drago.»

«Come potrei farlo? Anche con la Sua spiegazione, non sono del tutto sicura di cosa sia il mio *ki*.»

«Il modo più semplice è meditare. Visualizzi il Suo *ki* e filtri l'energia negativa che lo contamina. Il processo richiede tempo, ma credo che lo troverà un impegno di cui vale la pena.»

«Grazie, mio signore. Mi ha tolto un grande fardello.»

«Faccio solo ciò che mi aspetterei che chiunque altro facesse per me. Vada a riposare. La cerimonia è domani e avrà bisogno di una mente lucida.»

Kai si alzò dalla sedia e fece un inchino a Satoshi. Lui nascose un sorriso sbadigliando e la congedò con un cenno della mano. Quando raggiunse la porta, lui le disse di informare Liu che era libero per la serata. Lei annuì e uscì nel corridoio. Liu era appoggiato al muro, con le braccia incrociate sul petto e gli occhi socchiusi. Al suono della porta che cigolava, si raddrizzò.

«Ha detto che sei libero, il che sembra una buona cosa, visto che ti stavi appisolando.»

«Stavo solo riposando gli occhi,» replicò Liu.

Un debole sorriso apparve sulle labbra di Kai, il primo genuino che mostrava da un bel po' di tempo.

«Com'è andata?»

«Molto meglio di quanto mi aspettassi,» disse lei. «Il Maestro Satoshi è tanto magnanimo quanto saggio.»

«Bene. Che ha detto della tua esperienza con il Drakka?»

«Nulla. Credo che ne sia sconcertato quanto me.»

«Perché ti ha trattenuta così a lungo?»

«Abbiamo parlato di altre cose,» rispose Kai evasivamente. «Mi ha suggerito di purificare il mio *ki*.»

Liu grugnì in risposta. Tornarono al piano principale del castello e Liu la accompagnò fino alla porta della sua stanza.

«Cerca di dormire,» disse mentre si allontanava. «Domani sarà una giornata lunga.»

Kai aprì la porta e scivolò dentro. Gli altri Prescelti erano a letto e, a giudicare dal coro di russate e respiri pesanti, dormivano tutti. Si avvicinò di soppiatto al suo letto, si spogliò rimanendo in biancheria intima, poi si sdraiò e fissò le ombre che avvolgevano il soffitto. Per la prima volta dopo anni, si sentì in pace.

Le parole di Satoshi le echeggiavano nella mente, esortandola a purificare il suo *ki* per favorire una connessione più forte con il suo drago. Chiudendo gli occhi, Kai si concentrò sul respiro. Scavò in profondità dentro di sé, visualizzando il suo *ki* come una sfera luminosa al centro del suo essere. Intorno a essa c'era una foschia torbida che ne offuscava lo splendore.A ogni respiro, immaginava la luce diventare più forte, respingendo l'oscurità che cercava di affievolirla. Il peso della vergogna e dell'insicurezza iniziò a sollevarsi mentre si concentrava sul lasciar andare l'energia negativa che le aveva annebbiato lo spirito. Fu un processo lento, che richiese pazienza e forza d'animo, ma Kai era determinata a forgiare una connessione più profonda con il suo drago.

La foschia si dissipò e un debole sussurro le solleticò i margini della coscienza. Non era un suono che udiva con le orecchie, ma una sensazione che risuonava nel suo essere. Incuriosita, Kai vi si aprì, invitando il sussurro dentro di sé.

Immagini tremolarono davanti agli occhi della sua mente: vividi lampi di scaglie, una distesa infinita di cielo azzurro e la sensazione di librarsi tra le nuvole. Il sussurro divenne più forte, manifestandosi come un dolce calore che si diffondeva dal centro del suo essere. In quel momento di abbandono, Kai avvertì una presenza, un tocco gentile che le sfiorava lo spirito.

Il ronzio che aveva sempre sentito iniziò a mutare, trasformandosi in una sinfonia di vibrazioni armoniose che risuonavano nel profondo della sua anima. Era una sensazione che trascendeva le parole. Come una brezza leggera che risvegliava braci dormienti, sentì una presenza ridestarsi dentro di lei. Era come se una parte di sé che aveva a lungo trascurato si stesse risvegliando, spiegando le ali nell'oscurità del suo io interiore. La connessione che aveva agognato ma che riteneva irraggiungibile era ora tangibile, un filo che la legava a un essere di immenso potere e antica saggezza.

Le lacrime pizzicarono gli angoli degli occhi di Kai mentre si godeva quella nuova connessione. Era come se un pezzo mancante della sua anima fosse stato finalmente ritrovato, completando un puzzle che non sapeva nemmeno fosse incompleto.

La sfinimento la sopraffece e, mentre scivolava nel sonno, fu confortata dalla consapevolezza di non essere più sola.

8

Quando Kai aprì gli occhi, la calda luce del sole mattutino entrava filtrando dalla finestra. Si mise a sedere e si stiracchiò, un'energia ritrovata che le scorreva nel corpo. Per la prima volta in vita sua, non vedeva l'ora di incontrare di persona il suo drago.

Cercò di raggiungerlo con il pensiero, ma sebbene percepisse la stessa forte presenza della sera precedente, non riusciva ancora a sentire la voce del suo drago. Le parole di Satoshi le risuonavano nella mente, ed era fiduciosa che quello sarebbe stato il giorno in cui avrebbe finalmente udito il suo drago parlare.

Kai scese dal letto e notò una pila di vestiti piegati ordinatamente in cima alla cassapanca ai piedi del letto. Un paio di stivali di pelle nera erano poggiati accanto agli abiti e splendevano, lucidati di fresco.

«Si aspettano che siamo presentabili», disse Siran. «La Cerimonia dei Giuramenti è sacra, e così via». Kai la guardò. Siran era già completamente vestita con gli stessi abiti, ma se ne stava sdraiata sul letto, appoggiata sui gomiti. Sentendosi improvvisamente a disagio, Kai si vestì in fretta.

«Non pensi che sia importante?»

«Certo che lo penso, ma dopo che ci avranno addestrati, ci getteranno contro i Drakka. A chi importa cosa indossiamo per la cerimonia? Nessuno se lo ricorderà. Si ricorderanno di come moriremo».

«È un po' deprimente, non trovi?»

«Lo è, ma non per questo è meno vero. E poi, non è che qualcuno potrà vederli, sotto l'armatura».

Le parole cupe di Siran non riuscirono a smorzare il suo entusiasmo. La gioia che provava era troppo forte per essere spenta.

«È giusto», rispose Kai. Si era quasi dimenticata che le avevano preso le misure per un'armatura prima di partire da casa. Passò le mani sul tessuto rosso vivo dei suoi nuovi abiti, ammirandone la morbidezza.

«Seta», disse Siran, come se le leggesse nel pensiero.

Kai annuì, colpita dalla pregevole qualità della stoffa. Era come una carezza contro la sua pelle, una sensazione a cui non era abituata. Mentre finiva di allacciarsi gli stivali, la porta si aprì cigolando e Liu entrò nella stanza con le altre guardie. La sua espressione si addolcì quando osservò l'aspetto di Kai.

«Sta molto bene», disse, con una punta d'orgoglio nella voce.

Kai sentì le guance scaldarsi per il complimento inaspettato. «Grazie».

«Abbiamo diverse cose da fare prima della cerimonia, quindi dovremmo sbrigarci».

«Possiamo mangiare prima? Ho fame».

«La colazione è servita. Assicuratevi solo di non sporcarvi i vestiti».

Kai e gli altri Prescelti si recarono nella sala da pranzo e consumarono un pasto veloce, poi furono condotti all'armeria. All'interno, l'aria era densa dell'odore di metallo e cuoio. File di armi rivestivano le pareti, ognuna scintillante sotto la calda luce delle lampade a olio. Kai si meravigliò della maestria esposta, dalle intricate incisioni che adornavano le lame delle spade alle corde finemente intrecciate che pendevano dalle loro else.

Un fabbro dai capelli bianchi si avvicinò a loro, il suo volto segnato dal tempo che si apriva in un largo sorriso. «Onorevoli

Prescelti», li salutò, facendo loro cenno di seguirlo verso una fila di manichini da armatura, ognuno dei quali reggeva un'armatura scintillante.

«Cominciamo con lei», disse, indicando Jiro.

«Fortunato», borbottò Ichiro, dando un pugno scherzoso sul braccio a suo fratello.

Jiro si fece avanti e il fabbro prese alcune misure, poi indicò uno dei manichini. «Questa è la sua». Kai osservò mentre il fabbro lo aiutava a indossare i singoli pezzi, regolando cinghie e fibbie con facilità esperta. Jiro si ergeva imponente nella sua nuova armatura, le placche di metallo che tintinnavano quando si muoveva. Poi fu il turno di Ichiro. Nonostante il suo atteggiamento scherzoso, Kai percepiva che in lui ardeva un fuoco feroce. Plebeo o no, qualcosa le diceva che sarebbe stato un grande guerriero.

Una volta che Ichiro fu equipaggiato, fu il turno di Siran. Rimase in piedi con sicurezza mentre il fabbro le lavorava intorno, le sue mani che assicuravano abilmente ogni pezzo al suo posto. Siran aveva tutto l'aspetto di una guerriera e Kai era felice di considerarla un'amica.

Infine, fu il turno di Kai. Si fece avanti con impazienza, il cuore che le batteva forte per l'attesa. Il fabbro le prese le misure, poi indicò il manichino che reggeva la sua armatura. Mentre lui la aiutava a indossare i pezzi, Kai si sentì pervadere da un senso di appartenenza. Il peso dell'armatura era confortante anziché gravoso, e le calzava a pennello.

Una volta completamente corazzata, Kai fece alcuni passi di prova, testandone la flessibilità. Sorprendentemente, trovò più facile muoversi di quanto avesse previsto; l'armatura le fasciava il corpo come una seconda pelle. Flesse le dita all'interno dei guanti di cotone e sorrise ammirata.

Dopo che ciascuno di loro fu equipaggiato, il fabbro dai capelli bianchi annuì in segno di approvazione, con un lampo d'orgoglio negli occhi. «La indossate tutti bene», disse. «È un onore aver forgiato le vostre armature. Ora, dovete scegliere un'arma».

La stanza era piena di un'ampia gamma di opzioni, tutte letali. I Prescelti si sparpagliarono e Kai si avvicinò a una rastrelliera di spade. Le sue mani sfiorarono le impugnature lucidate di alcune, ma nulla catturò la sua attenzione. Proseguì fino alla parete di fondo e il suo sguardo cadde su una spada diversa da qualsiasi altra nella stanza.

La lama era scura come il vuoto e affilata abbastanza da spaccare un capello. Il suo filo, affinato alla perfezione, catturava la luce in sottilissime linee iridescenti che sembravano danzare davanti ai suoi occhi. La superficie, liscia come un lago immobile a mezzanotte, recava rune intricate che emanavano potere magico. L'elsa era forgiata in ebano lucente e avvolta in pelle scura. La guardia si allargava come le ali di un corvo, le sue punte modellate in minacciosi artigli ricurvi, che fornivano equilibrio e protezione. Incastonata nel pomolo c'era un'ossidiana perfetta e senza difetti, la sua superficie scura e riflettente come un cielo notturno senza stelle.

Kai allungò la mano e avvolse le dita attorno all'elsa, staccandola dai ganci sulla parete. Qualcosa cadde a terra con un rumore metallico, e lei si voltò di scatto, sorpresa. Gli occhi del fabbro erano sgranati; l'uomo si lasciò cadere in ginocchio e premette la fronte sul pavimento. Kai guardò Liu, che la fissava in modo simile.

«Mi dispiace», disse. «Non avrei dovuto toccarla? La rimetto a posto».

Si voltò per riporre la spada, ma le parole del fabbro la fermarono.

«Quella lama non è stata toccata dalla sua creazione. È stata forgiata dalla roccia vulcanica, e il fabbro che l'ha creata ha intessuto un incantesimo nel metallo. Solo chi è stato battezzato nel sangue dei draghi può brandirla».

Gli occhi di Kai percorsero la lunghezza della lama, poi guardò il fabbro, con la fronte aggrottata per la confusione. «Non ho mai visto un drago, tanto meno toccato il suo sangue».

Il fabbro e Liu si scambiarono una conversazione sussurrata, poi Liu si precipitò fuori dalla stanza, lasciando Kai ancora più smarrita. Il fabbro le si avvicinò lentamente, quasi con riverenza.

«Che Lei lo sappia o no, deve essere entrata in contatto con del sangue di drago. Altrimenti non avrebbe mai potuto toccare la spada. A meno che...»

«A meno che cosa?» chiese lei.

«A meno che l'incantesimo non sia svanito. Ormai sono troppo vecchio per rischiare il dolore che provocherebbe.» Il fabbro si rivolse agli altri Prescelti. «Qualcuno di voi sarebbe disposto a provare a impugnare la spada?»

La fissarono come se fosse una specie di apparizione, tutti tranne Siran. La donna si fece avanti con passo sicuro e tese la mano destra. Kai le porse l'arma e, non appena Siran la toccò, un'esplosione di energia abbagliante la folgorò. Siran gridò e barcollò all'indietro, premendosi la mano sul petto.

«Mi dispiace, ma dovevo esserne certo,» disse il fabbro. «Andate dai guaritori. Si prenderanno cura della vostra mano e si assicureranno che siate in forma per la cerimonia.»

Siran se ne andò e Kai non poté fare a meno di provare una fitta di colpa, anche se non era stata colpa sua. «Non voglio questa spada,» disse a bassa voce.

«È stata forgiata per Lei,» insistette il fabbro. «Ciò che è accaduto a quella ragazza è successo a tutti coloro che hanno provato a toccare quella lama. Il fatto che Lei la stia impugnando ora senza essere immobilizzata dal dolore conferma che adesso ne è la proprietaria.»

Le sue parole pesarono su di lei mentre osservava l'arma, combattuta tra il fascino della lama e il pericolo che sembrava rappresentare. Placò il cuore che le batteva all'impazzata e si protese verso il suo drago. Di nuovo, non udì alcuna voce, ma qualcosa le disse che avrebbe dovuto tenerla. Dopo un attimo di contemplazione, annuì.

«La prenderò.»

Il fabbro sorrise ampiamente. «Una scelta saggia. Sono certo che la brandirà con onore e forza. È un'arma destinata a chi è votato alla grandezza.»

9

Una volta tornato, Liu ordinò ai Prescelti di rientrare nelle loro stanze. Mentre attraversavano il corridoio, il peso della spada nel fodero al fianco di Kai le parve tanto intimidatorio quanto esaltante. Non poteva fare a meno di lanciare sguardi furtivi all'arma, mentre le parole del fabbro dai capelli bianchi le riecheggiavano nella mente.

Tornata nelle sue stanze, Kai rimase in piedi accanto al letto, a osservare gli altri Prescelti seduti insieme, che sussurravano e di tanto in tanto la guardavano. Sbuffò sonoramente e, quando Jiro si voltò verso di lei, sostenne il suo sguardo.

«Se avete intenzione di parlar male di me, fatelo guardandomi in faccia e non da codardi». Le parole le uscirono di bocca senza che potesse fermarle, e ne rimase sorpresa lei stessa.

«Stiamo parlando di te, ma non in male», rispose Jiro. «Stiamo discutendo di ciò che è scritto sulla Sanguinata. Credo che tu sia la persona di cui parlano le pergamene».

«Sanguinata?» chiese Kai. «Si tratta del sangue di drago? Ho detto a quell'uomo che non ho mai visto né toccato un drago!».

«Calmati», la tranquillizzò Jiro. «È una cosa buona se sei tu questa persona».

«Non proprio», disse un altro dei Prescelti. Era un ragazzo di nome Kazu. «Le scritture potrebbero indicare che lei è malvagia».

Kai si accigliò. «Di cosa stai parlando? Non sono malvagia e non sono questa Sanguinata, qualunque cosa sia».

«Non sai cos'è la Sanguinata?» chiese Jiro. «Lo sanno tutti».

«Lei non lo saprebbe perché non è come noi», disse Kazu. «È una nobile».

Jiro si staccò dal gruppo e andò a mettersi accanto a Kai. «Davvero non sai cosa c'è scritto?».

«No».

«Posso dirtelo?».

Kai si strinse nelle spalle. «Certo».

«Non è esattamente una profezia, ma quasi. Dice che una persona bagnata dal sangue di un drago salverà l'impero».

«*Tsk*, non è quello che dice». Entrambi si voltarono e videro Siran. Teneva una mano stretta al petto.

«Stai bene?» chiese Kai. «Mi dispiace tanto».

«Non è stata colpa tua. Non è che tu abbia fatto in modo che la spada mi ferisse... o sì?».

«Certo che no!».

Siran sogghignò. «Lo so. Era uno scherzo. La mano sta bene. Il dolore è stato intenso, ma i guaritori ci hanno messo una specie di balsamo e adesso la sento normale».

«Sono contenta che tu non ti sia fatta male», disse Kai.

«Anch'io. Perché lasci che Jiro ti riempia la testa di sciocchezze?».

«Non sono sciocchezze», protestò Jiro.

«Qualcuno potrebbe non essere d'accordo. In ogni caso, le pergamene non dicono che la Sanguinata salverà l'impero. E le pergamene non usano il termine Sanguinata. È una cosa che si sono inventati i fanatici».

«Lo usano tutti», disse Jiro sulla difensiva.

«Non ti sto giudicando», replicò Siran. «Sto solo precisando».

«Non ho mai sentito parlare di questa profezia o che altro», disse Kai. «Di che si tratta?».

«Non mi sorprende. La gente comune ci si aggrappa perché pensa che questa figura mitica li solleverà dalla povertà o qualcosa del genere. Noi nobili non riponiamo la nostra fede nelle favole».

Jiro guardò Siran in cagnesco, ma non disse nulla.

«È una specie di poesia», continuò Siran. «La ricordo perché mia nonna me la recitava. Come iniziava... Ah, giusto.

Quando sangue di drago il puro macchierà,

Una figlia sorgerà e resisterà.

Con fiamme danzanti e ombre dilaganti,

Questa messaggera al richiamo del fato non sarà esitante.

Alla sua ascesa, il mondo vedrà,

Un'alba di speranza o una notte di miseria.

Poiché nel cuore della stirpe del drago,

Giace il potere di salvare o il peccato.»

Kai assimilò le parole come meglio poté, ma non le trovò alcun senso. «Non vedo il nesso», disse.

«Certo che no. Tu hai buon senso, cosa non così comune tra di loro», Siran fece un cenno del capo verso gli altri. «Si direbbe che dovrebbe esserlo. Voglio dire, è nel loro titolo di gente comune». Sbuffò.

Kai sorrise. Non era d'accordo con l'atteggiamento denigratorio di Siran, ma trovò quell'ultima battuta divertente.

«Non siamo stupidi perché crediamo in qualcosa di diverso da te», disse Jiro. «Alcuni di noi hanno riposto la loro speranza in qualcosa di più grande di noi stessi».

Prima che Siran potesse rispondere, la porta della loro stanza si spalancò e Liu entrò impetuosamente con le altre guardie.

«Dei Drakka sono stati avvistati nei boschi», annunciò. «Il Maestro Satoshi ritiene che sia meglio tenere la cerimonia ora e poi mandarvi tutti a Dangju per l'addestramento. Prendetevi un momento per preparare le vostre cose, poi raggiungeteci nel cortile».

Kai provò un certo sollievo quando le guardie se ne furono andate. Liu non aveva menzionato né la sua spada né la strana profezia, il che significava che probabilmente non ci credeva più di lei. Si concentrò sull'urgenza del momento e aprì il baule ai piedi del suo letto, raccogliendo le sue cose. Gli altri Prescelti si affrettavano freneticamente, le loro voci un coro di preoccupazione.

Una volta che tutti furono pronti, uscirono dalla stanza e si diressero verso il cortile. Doveva essere stato dato un annuncio, perché c'era già una grande folla radunata. L'aria era carica di attesa e lo stomaco di Kai si rivoltò alla consapevolezza che la vita come la conosceva stava per cambiare per sempre.

Al centro del cortile era stata eretta una bassa piattaforma rettangolare, e lì il Maestro Satoshi li stava aspettando. I Prescelti salirono sulla piattaforma e si allinearono in una fila ordinata, di fronte alla folla. Kai cercò i suoi genitori con lo sguardo e li individuò alla sua sinistra. Non la salutarono, ma dalle loro espressioni capì che erano fieri di lei.

Il Maestro Satoshi alzò una mano per chiedere silenzio, e il brusio della folla si placò gradualmente. La sua voce si diffuse nel cortile con autorità, ogni parola echeggiava contro i muri di pietra.

«La Cerimonia dei Giuramenti è una cerimonia sacra, creata dai nostri antenati per onorare il legame tra drago e cavaliere. Una persona non viene Scelta in base al diritto di nascita o al merito, ma per destino. Questi uomini e queste donne sono qui di fronte a voi come simbolo di speranza e forza, scelti dai loro draghi per proteggere il nostro impero dall'oscurità incombente».

Fece una pausa e scrutò la fila degli Scelti, il suo sguardo si soffermò su Kai, che si trovava alla fine della fila. Lei sentì il suo sguardo su di sé e lo guardò, incrociando i suoi occhi per un breve istante prima che lui rivolgesse di nuovo la sua attenzione alla folla.

«Per secoli abbiamo vissuto sotto la minaccia dei Drakka, ma ogni giorno la speranza fiorisce. Ogni nuovo Scelto è una promessa della fine della nostra sventura. Loro combattono — *tutti* noi combattiamo — per porre fine ai Drakka».

Kai sentiva il peso delle parole del Maestro Satoshi premerle addosso, la gravità della loro vocazione penetrarle fin nelle ossa. Lanciò un'occhiata agli altri al suo fianco. I loro volti erano un misto di determinazione e paura. Erano tutti così giovani per portare il fardello di una tale responsabilità, una ben più grande di loro.

«Ricordiamo i sacrifici fatti da coloro che ci hanno preceduto e onoriamo la loro eredità con le nostre azioni» continuò il Maestro Satoshi. «La forza del nostro impero non risiede nella grandiosità delle nostre città, ma nel coraggio e nell'unità del suo popolo».

Il cortile cadde in un silenzio solenne. Il cuore di Kai le martellava nel petto. Era giunto il momento. Avrebbe finalmente incontrato il suo drago. Era un giorno che aveva a lungo temuto, ma ora la sua anima lo agognava.

«Che la Cerimonia dei Giuramenti abbia inizio».

70

10

Un battito d'ali echeggiò nell'aria mentre i draghi, arrivati la notte precedente, si libravano in volo oltre le mura, atterrando dietro la piattaforma. Erano uno spettacolo magnifico, con le scaglie che scintillavano alla luce del sole. Erano molto più grandi di quanto Kai si aspettasse, anche dopo averli intravisti in precedenza. Poteva percepire il potere che emanavano, una forza primordiale che le faceva battere il cuore di paura ed eccitazione.

Le sue emozioni erano rispecchiate dalla folla, che mormorava tra sé. I draghi annunciarono la loro presenza con un verso potente, e Kai sentì i vestiti vibrarle addosso per il suono. Come un sol uomo, gli Eletti caddero in ginocchio e chinarono il capo, rendendo omaggio alle loro controparti più potenti.

«Siran» la chiamò il Maestro Satoshi. «Si alzi e si avvicini al suo drago».

Siran si alzò, avanzando con passo sicuro verso il drago che la attendeva. Il drago era una creatura regale con scaglie rosse come rubini, in netto contrasto con i colori scuri del muro di pietra alle sue spalle. Si fermò a pochi passi di distanza, e il drago si chinò, portando il muso a pochi centimetri dal viso di Siran.

Il Maestro Satoshi li raggiunse, reggendo una coppa d'oro e un pugnale. Siran tese la mano e il Maestro Satoshi le passò la lama sul palmo. Kai ammirò Siran per non aver emesso un suono né sussultato. Il drago rosso sollevò la zampa anteriore sinistra e il Maestro Satoshi alzò delicatamente una delle sue scaglie, incidendo la pelle coriacea sottostante. Raccolse nella coppa gocce di sangue di entrambi, poi mescolò con il pugnale.

Kai attese piena di aspettativa, ma non accadde nulla. Il Maestro Satoshi portò la coppa a un braciere e vi versò il sangue. Le fiamme divamparono verso l'alto, assumendo per un istante lo stesso colore delle scaglie del drago, per poi tornare alla normalità. Il Maestro Satoshi tornò al fianco di Siran.

«Pronunci i giuramenti» disse.

Siran si raddrizzò e parlò a voce alta perché tutti potessero sentirla. «Per la fiamma sacra e per l'antico legame che condividiamo, giuro di onorare i nostri antenati, di proteggere le nostre terre e il suo popolo con coraggio e saggezza. Con il mio drago come guida e come forza, offro la mia vita alla tutela del nostro regno, ora e per l'eternità».

Il drago sollevò la testa e rivolse l'attenzione al Maestro Satoshi. Proiettando i suoi pensieri, parlò a tutti i presenti. *Per il soffio del fuoco e i cieli che solchiamo, giuro di onorare il nostro antico legame, di proteggere le nostre terre e le sue creature con potenza e grazia. Con il mio cavaliere come cuore e come spirito, offro la mia vita alla tutela del nostro regno, ora e per l'eternità.*

Poi, insieme, Siran e il suo drago dissero: «Come una sola anima in due corpi, giuriamo di ergerci a guardiani del nostro mondo. In unità, forza e lealtà incrollabile, affinché la luce del nostro legame ci guidi, ora e per sempre».

Kai era sbalordita. La voce del drago era profonda e roca, diversa da qualsiasi cosa avesse immaginato. La voce del suo drago sarebbe stata la stessa?

«Siete tutti testimoni dei Giuramenti» disse il Maestro Satoshi. «Che nessuno metta in discussione la loro devozione all'impero, né l'uno verso l'altra. Ora si leveranno in cielo per il loro primo volo».

Il drago rosso si abbassò a terra e Siran usò le sporgenze delle sue scaglie per arrampicarsi sulla sua spalla, sistemandosi tra le scapole. Non c'era sella, né cinghie, assolutamente nulla che le impedisse di cadere dalla schiena del drago. Kai si accigliò, chiedendosi come avrebbe fatto a rimanere in groppa. Siran si protese in avanti, quasi sdraiandosi, e si aggrappò alle scaglie sul collo del drago.

Con un balzo possente, la bestia fu in aria, le sue enormi ali che sollevavano la polvere nel cortile, trasportandoli verso l'alto. Kai osservò meravigliata Siran e il suo drago librarsi insieme, le loro figure che rimpicciolivano contro la vasta distesa del cielo. La folla esplose in acclamazioni, le cui voci si levarono fino al cielo.

Mentre li guardava, un miscuglio di emozioni turbinava dentro Kai. C'era una fitta d'invidia per la forza del legame di Siran con il suo drago, e una paura latente per l'ignoto che l'attendeva. Lei e il suo drago sarebbero stati altrettanto maestosi insieme?

Avrebbero formato una connessione altrettanto forte e indissolubile? I suoi occhi si spostarono lentamente dal cielo al drago grigio.

Riuscite a sentirmi? chiese, cercando di proiettare la sua voce attraverso il loro legame.

Il silenzio accolse la sua domanda e, se anche il drago l'aveva sentita, non ne diede alcun segno fisico. Rifletté su ciò che le aveva detto il Maestro Satoshi e scacciò i dubbi. Una volta pronunciati i Giuramenti, era certa che il loro legame si sarebbe rafforzato abbastanza da poter comunicare.

Alla fine il drago rosso tornò in vista, roteando sopra la folla prima di atterrare nel punto di partenza. Siran saltò a terra, il viso arrossato di orgoglio ed esaltazione. Il Maestro Satoshi le fece un cenno col capo, un sorriso che gli increspava gli angoli delle labbra.

«Ci sono poche cose paragonabili al volare con il proprio drago» disse. «Siamo onorati di essere stati testimoni dei vostri Giuramenti. Siran Himura, voi non siete più un'Eletta. Ora siete una Giurata».

La folla ruggì di nuovo per l'eccitazione e Kai sentì un improvviso bisogno di piangere. Finalmente capì il significato della Cerimonia dei Giuramenti. Anche se cavaliere e drago erano già legati, c'era qualcosa di incredibilmente emozionante nel rito stesso. Riuscì a trattenere le lacrime e, quando Siran tornò al suo posto tra gli Eletti, Kai le sorrise.

«Ichiro» disse il Maestro Satoshi. «Si alzi e si avvicini al suo drago».

Ichiro obbedì al comando, attraversando la piattaforma e avanzando sul selciato per fermarsi davanti a un enorme drago blu le cui scaglie brillavano come zaffiri. I suoi occhi si fissarono su Ichiro e un senso di riconoscimento passò tra loro. Senza esitazione, Ichiro tese la mano, con il palmo aperto, e il drago si chinò per strofinargli delicatamente la punta delle dita. Fu un momento di pura connessione, una comprensione silenziosa che non aveva bisogno di parole.

Il Maestro Satoshi si fece avanti di nuovo con la coppa d'oro e il pugnale, puliti e pronti. Con abilità consumata, incise la loro carne e prelevò il sangue, mescolandolo nella coppa prima di infiammarlo nel braciere. Le fiamme danzarono in uno spettacolo ipnotico prima di stabilizzarsi in un bagliore costante. Ichiro e il suo drago stavano uno di fronte all'altro mentre recitavano i loro giuramenti, le loro voci che si intrecciavano in un'eco armoniosa che risuonò in tutto il cortile.

Quando ebbero finito, il drago blu chinò il capo in un solenne inchino e Ichiro gli posò la mano sull'enorme muso, sfregandogli le scaglie.

«Siete tutti testimoni dei Giuramenti,» ripeté il Maestro Satoshi. «Che nessuno metta in discussione la loro devozione all'impero, né l'uno verso l'altro. Ora si leveranno in cielo per il loro primo volo.»

Il drago blu si inginocchiò davanti a Ichiro, che si arrampicò sulla sua schiena. Con una potente spinta delle ali, il drago si lanciò in aria, portando Ichiro in alto. La folla osservò in silenziosa ammirazione mentre volteggiavano sopra di loro, proprio come avevano fatto Siran e il suo drago pochi istanti prima.

La cerimonia continuò allo stesso modo, con Jiro che seguì il fratello. Lui era legato a un drago verde le cui scaglie erano simili a giada levigata. Poi fu la volta di Kazu, seguito da Reika. Kai osservò ogni rituale con un misto di riverenza ed eccitazione. Undici Prescelti erano ora Giurati, e Kai era l'unica a essere rimasta.

Finalmente era il suo turno.

«Kai, alzatevi e avvicinatevi al vostro drago.»

Kai sentì il cuore balzarle in gola quando tutti gli occhi si voltarono verso di lei. L'importanza del momento le si posò sulle spalle e, per un breve istante, il dubbio cominciò a intaccare la sua risolutezza. Fece un respiro profondo e si incamminò verso il grande drago grigio, con i passi leggermente vacillanti per il nervosismo. Il drago la scrutò con occhi che sembravano trafiggerle l'anima stessa, soppesandola con uno sguardo al tempo stesso intimidatorio e stranamente confortante.

Il Maestro Satoshi li raggiunse e la sua presenza fu rassicurante mentre celebrava il rito del sangue. Kai strinse i denti per sopportare il dolore del taglio sul palmo della mano, costringendosi a rimanere stoica come aveva fatto Siran. Il drago osservava attentamente, un brontolio che gli riverberava nel petto. Il Maestro Satoshi raccolse poi il suo sangue, e la coppa d'oro brillò alla luce del sole mentre egli si avvicinava al braciere.

Con mano ferma, versò il sangue nelle fiamme. Il fuoco eruppe in un'accecante esplosione di luce argentea, che tremolò e danzò con un bagliore etereo. Kai sentì un'ondata di energia percorrerla, una sensazione di formicolio che premeva ai margini del suo *ki*. Il suo drago era un maschio. Non era sicura di come lo sapesse. Semplicemente... lo sapeva.

«Pronunciate i voti,» la istruì il Maestro Satoshi.

Fissò il drago, le parole che improvvisamente fuggivano dalla sua memoria. Aveva imparato il giuramento da giovane, l'aveva ripetuto innumerevoli volte nella sua breve vita. Perché proprio ora, nel momento più importante della sua vita, le parole le sfuggivano? Il Maestro Satoshi si schiarì la gola, attirando la sua attenzione. Il suo sguardo severo scosse qualcosa dentro di lei e le parole tornarono a fiumi. Fece un respiro per calmarsi.

«Per la fiamma sacra e l'antico legame che condividiamo, giuro di sostenere l'onore dei nostri antenati, di proteggere le nostre terre e il suo popolo con coraggio e saggezza. Con il mio drago come mia guida e mia forza, offro la mia vita alla tutela del nostro regno, ora e per l'eternità.»

Il drago la osservò per un momento prima di avvicinarsi. Annusò l'aria intorno a lei, il suo alito caldo che le avvolgeva il viso. Kai poteva sentire il peso della sua presenza, cosa che le fece venire un brivido lungo la schiena. Sollevando la testa, proiettò la sua voce affinché tutti potessero sentirla.

Questa non è la mia cavaliera.

11

Il cuore di Kai sprofondò alle parole del drago, e un gelido terrore le si annidò in fondo allo stomaco. La rivelazione aleggiò pesante nell'aria, sollevando un'ondata di mormorii e sussulti tra la folla. Il polso di Kai le martellava nelle orecchie, mentre la sua mente faticava a comprendere le parole del drago.

«Non può essere,» dichiarò il Maestro Satoshi, la sua voce carica di autorità nonostante un barlume di incertezza nei suoi occhi. «Il legame è predeterminato dagli antichi riti. Non può esserci errore.»

Il drago sbuffò, e nuvolette di fumo gli sfuggirono dalle narici mentre fissava Kai con un'intensità che la fece sentire esposta, vulnerabile. Percepì un'ondata di disagio attraversare i Giurati alle sue spalle, i loro sussurri che si fondevano in un ronzio dissonante che le risuonava fin nelle ossa. Lanciò un'occhiata furtiva al Maestro Satoshi, cercando nei suoi lineamenti un segno di rassicurazione o di spiegazione, ma i suoi tratti rimasero stoici e indecifrabili.

«Sono Kai Lin,» disse, e le sue parole suonarono deboli persino alle sue stesse orecchie. «Figlia di Ryoko Lin e Sho Lin. Mia madre ricevette il Segno quando ero ancora nel suo grembo. Io *sono* la sua cavaliera.»

Non lo sei.

Prima che chiunque potesse aggiungere altro, una figura emerse dai margini del cortile. Avvolta in vesti scure che le si gonfiavano attorno come ombre che avessero preso forma, la nuova venuta avanzò con passo deciso verso la piattaforma dove si trovavano Kai e il drago. Un cappuccio le nascondeva i lineamenti, gettando un velo di mistero sulla sua identità mentre si avvicinava, ma Kai intravide due occhi blu glaciali. La presenza della straniera emanava un'aura ultraterrena, un senso di potere che esigeva attenzione.

Quando la straniera raggiunse i piedi della piattaforma, sollevò una mano e si tirò indietro il cappuccio, rivelando un volto che a Kai parve al contempo familiare ed estraneo.

Era un volto che aveva visto innumerevoli volte allo specchio... il suo.

Confusione e incredulità si scontrarono dentro Kai mentre cercava di dare un senso a ciò che vedeva. Era forse uno spirito oscuro che si stava camuffando da lei? O era caduta vittima di una qualche maledizione? La donna, che sembrava lei ma allo stesso tempo non del tutto, tese la mano verso il drago grigio. Lui le strofinò il muso contro, affettuosamente.

Gli occhi della donna percorsero l'adunata, posandosi sul Maestro Satoshi. «Il legame tra drago e cavaliere non è sempre così lineare come la tradizione impone.»

«Chi siete voi per interrompere la sacra cerimonia?»

Un'ombra di sorriso si disegnò sulle labbra della donna. «Sono Akuhara Lin, figlia di Ryoko Lin e Sho Lin, e sono venuta a reclamare il mio drago.»

Un silenzio attonito calò sul cortile. Le sopracciglia del Maestro Satoshi erano aggrottate per l'incredulità.

«Impossibile,» sussurrò Kai. Un'ondata di emozioni contrastanti la attraversò: confusione, rabbia e una paura profonda e radicata. Come poteva questa donna affermare di condividere il suo stesso sangue e la sua stessa discendenza? Era forse un elaborato stratagemma, un inganno intessuto con la magia oscura per turbare il rituale? Eppure, il drago stesso aveva detto che Kai non era la sua cavaliera.

«Spiegatevi,» ordinò il Maestro Satoshi, spostando lo sguardo da Akuhara a Kai.

Dice la verità, rimbombò il drago grigio. *Akuhara è la mia cavaliera.*

Akuhara montò in groppa al drago, un'espressione compiaciuta sul volto. Il Maestro Satoshi rimase immobile, chiaramente confuso. Alla fine, guardò Kai, con la rabbia che ardeva nei suoi occhi.

«Avete mentito sull'essere la Prescelta?»

«No! Non disonorerei mai me stessa o la mia famiglia.»

«Portatela nelle segrete,» comandò. «Il suo destino sarà deciso dopo la cerimonia.» Si rivolse ad Akuhara. «Dovete completare i Giuramenti.»

Liu si avvicinò a Kai e le afferrò il braccio con una presa salda. Lei lo guardò supplichevole, ma lui non volle incrociare il suo sguardo.

«Non ce n'è bisogno,» rispose Akuhara. «Io non combatto per l'impero.»

Il Maestro Satoshi balbettò. «I cavalieri servono *solo* l'impero. Se non combattete per l'impero, per chi combattete?»

Akuhara rise brevemente, poi la sua espressione si fece seria. «Io combatto per i Drakka.»

Sussurri inorriditi esplosero tra la folla di spettatori. I soldati sguainarono le spade e il Maestro Satoshi serrò la mascella. «Bestemmia!»

Risuonò un corno, seguito dai rintocchi della torre campanaria. Il silenzio del cortile si trasformò in caos, mentre il panico si diffondeva a macchia d'olio tra la folla. I Giurati si rivolsero al Maestro Satoshi in cerca di guida.

«Sarete tutti testimoni,» gridò Akuhara. «L'impero brucerà!»

Detto questo, il drago grigio si librò in cielo. La gente si disperse in ogni direzione, le grida di paura e incredulità che si mescolavano al suono sinistro della torre campanaria. Kai si ritrovò paralizzata sul posto, la mente in subbuglio. I suoi genitori avrebbero avuto le risposte. Avrebbero potuto spiegare al Maestro Satoshi che era tutto un errore. I Giurati avrebbero dato la caccia alla sosia e Kai si sarebbe ripresa il suo drago.

«Vieni con me,» disse Liu, guidandola attraverso il tumulto verso il castello.

«I miei genitori. Erano tra la folla. Loro possono...»

«Questa è l'ultima delle nostre preoccupazioni, adesso. Non hai sentito la campana? Siamo sotto attacco.»

Kai si guardò alle spalle, cercando di individuare i suoi genitori. Non si vedevano da nessuna parte. Pregò che fossero al sicuro e si lasciò condurre da Liu. Il Maestro Satoshi, seguito dai nuovi Giurati, li seguì all'interno del castello.

«Una volta sellati i draghi, fuggirete tutti a Dangju,» disse. «Ho mandato loro un messaggio giorni fa, informandoli del vostro arrivo. Vi addestrerete lì, e farete rapporto qui una volta terminato. Non fermatevi una volta lasciate queste mura. Andate dritti a Dangju.»

«Sì, Maestro,» dissero all'unisono.

«Quanto a voi,» continuò, guardando Kai, «esigo delle risposte per il vostro inganno.»

«Non ho ingannato nessuno,» rispose lei. «I miei genitori sono qui. Potete chiederlo a loro, e vi diranno la stessa cosa.»

Il Maestro Satoshi guardò Liu. «Va' a cercarli.»

Liu accennò un rapido inchino e si affrettò ad andarsene.

«Non possiamo restare a combattere?» chiese Siran. «Mi sono addestrata con la spada per gran parte della mia vita. Nessuno può insegnarmi nulla a Dangju.»

«Essere un cavaliere è più che brandire una lama,» rispose il Maestro Satoshi. «Deve imparare a conoscere il suo legame e a come rafforzarlo. Andrà a Dangju, come ho ordinato.»

Siran chinò il capo in segno di sottomissione, ma Kai sapeva che non ne era felice. Era una guerriera, e i guerrieri non fuggono dalle battaglie. Il Maestro Satoshi rivolse di nuovo la sua attenzione a Kai. La sua accusa pendeva su di lei come una nube oscura, ma lei aveva detto la verità. Strinse i pugni, combattendo l'impulso di scatenarsi per la frustrazione di fronte a tutta quell'ingiustizia.

Liu tornò con i genitori di Kai al seguito. Le lacrime rigavano il volto della madre, e suo padre era pallido, come se stesse per sentirsi male.

«Il fato di Kai è appeso a un filo,» disse loro il Maestro Satoshi. «Parlatemi onestamente e forse potrà ancora salvarsi. Avete ricevuto il Segno?»

Ryoko annuì. «Sì.»

«Me lo descriva.»

«Alla Cerimonia del Legame, posai le mani su diverse uova senza sentire nulla. Quando toccai l'ultima, un calore si diffuse nel mio ventre e sentii un calcio. L'Inquisitore che era presente lo confermò.»

«E Lei non conosce questa Akuhara?»

«Io... non ne sono sicura.»

«Cosa intende dire?»

Ryoko soffocò un singhiozzo. «Portavo in grembo due creature, ma una nacque morta.»

Il Maestro Satoshi si accigliò. «Ha avuto una primogenita che è morta alla nascita?»

«No. Ho partorito due gemelle.»

12

Kai si sentì come se avesse ricevuto un pugno nello stomaco. Gemelle? Sua madre non le aveva mai accennato nulla.

«Mi dispiace» disse Ryoko, guardandola. «Avrei dovuto dirtelo.»

«Questo non risponde alla mia domanda» ringhiò il Maestro Satoshi. «Cosa c'entra con tutto questo una bambina nata morta?»

«Avete visto la somiglianza, come tutti noi» rispose Sho. «Era identica a Kai. Mia moglie pensa... *noi* pensiamo che possa essere lei.»

Il Maestro Satoshi si passò le mani sul viso. «Avete detto voi stessi che la bambina era nata morta. Come potrebbe Akuhara essere vostra figlia?»

«So come può sembrare, mio signore, persino alle mie stesse orecchie» disse Ryoko. «Eppure, è il riflesso di Kai. È lei. Lo so.»

«Come lo sa?»

«Istinto materno.»

«È stata lasciata a una guaritrice?» chiese il Maestro Satoshi.

«I Drakka attaccarono la nostra città, e io entrai in travaglio» disse Ryoko, con lo sguardo perso nel vuoto mentre rievocava quel momento terrificante. Kai capì che lo stava rivivendo nella sua mente. «Un drago fu colpito nel cielo sopra di noi...» Fece una pausa, e Sho le strinse la mano per rassicurarla. «Il suo sangue mi schizzò addosso. Eravamo quasi alla carrozza, ma il dolore era troppo forte.»

I singhiozzi di Ryoko echeggiarono nella sala mentre si copriva il volto con le mani. Kai sentì una fitta al cuore nel vedere sua madre piangere. Anche i suoi occhi si riempirono di lacrime, e una le sfuggì, scivolandole lungo la guancia.

«La prima nacque facilmente, ma qualcosa non andava» continuò Sho per lei. «Era pallida e non respirava. Facemmo tutto il possibile, ma... era senza vita. Poi nacque Kai, e dovemmo fuggire. I Drakka erano ovunque.»

«Me la portarono via» disse Ryoko, rabbrividendo. «Avrei dovuto lottare per riavere il suo corpo, ma non potevo rischiare tutte le nostre vite per... per...»

«Un cadavere» suggerì dolcemente il Maestro Satoshi. «Comprendo.»

«L'abbiamo lasciata indietro» sussurrò Ryoko, col viso tormentato. «L'abbiamo lasciata indietro.»

Kai visualizzò tutta la scena nella sua mente. Non biasimava sua madre per aver abbandonato una figlia. Come aveva detto il Maestro Satoshi, era una causa persa, e sarebbe stato sciocco mettere in pericolo i vivi per il bene dei morti.

«È *lei* la Prescelta del Sangue» disse Jiro a suo fratello. Kai si era quasi dimenticata che i Consacrati fossero ancora presenti.

«Ci sono molte cose da considerare» disse il Maestro Satoshi, ignorando il commento di Jiro.

Il terreno tremò mentre un boato echeggiava nel cortile. Il Maestro Satoshi scambiò un'occhiata con Liu, e la guardia si affrettò ad allontanarsi. Tornò un istante dopo, con il volto paonazzo.

«Le mura sono state sfondate!»

«Impossibile» ansimò il Maestro Satoshi. «Correte ai vostri draghi, ora!»

I Consacrati si precipitarono verso il cortile, tutti tranne Siran. Lei rimase immobile. Kai guardò dal Maestro Satoshi ai suoi genitori. Sua madre stava ancora piangendo, ma sembrava più composta ora.

«Mettetevi al sicuro qui nel castello» disse loro il Maestro Satoshi. Voltandosi verso Kai, la fissò in silenzio, con la bocca che le si contraeva leggermente. «Lei non può restare qui. Non è sicuro senza il suo drago.»

«Posso portarla a Tatenagawa» disse Liu.

Il santuario? Kai aggrottò le sopracciglia, confusa.

«Mio signore!» Un soldato senza fiato corse attraverso la sala verso di loro. «Siamo circondati! I Drakka... non ne ho mai visti così tanti!»

«Non farete dieci metri oltre le mura» disse il Maestro Satoshi cupamente.

«Non a piedi» replicò Siran. «La porterò io a Tatenagawa.»

«Ha i suoi ordini, Siran. Non li ripeterò.»

«La porterò a Tatenagawa, poi andrò a Dangju. Non potete risparmiare nessun altro, e anche se poteste, gli altri sono troppo deboli. Io posso portarla.»

«È sotto la mia protezione» disse Liu. «La porterò io.»

«Lei non ha un drago» ribatté Siran.

«Non abbiamo tempo per questo» sbottò il Maestro Satoshi. «Il suo drago può portarne tre?»

La sicurezza di Siran vacillò. «Ha forse scelta?»

I suoni della battaglia esplosero all'esterno: lo scontro di metallo, il ruggito dei draghi, le urla dei soldati.

«Andate» concesse il Maestro Satoshi.

Kai abbracciò sua madre strettamente. «Ti prometto che ci rivedremo» promise.

«Mi dispiace» sussurrò sua madre.

«Non devi. È stato doloroso per te parlarne anche adesso. Lo capisco.» Lasciò la madre e si voltò verso suo padre. Lui le rivolse un sorriso triste.

«Che la tua lama ti serva bene» disse.

«Dovete andare, ora» la esortò il Maestro Satoshi.

Kai abbracciò rapidamente suo padre, poi si affrettò verso il cortile, seguendo Siran. Liu era al suo fianco, con la lama sguainata.

«Perché andiamo a Tatenagawa?» chiese Kai.

«Per vedere Kokoro» rispose Liu.

«Chi è?»

«Un'anziana draghessa. Se qualcuno può discernere cosa sia successo qui, è lei.»

I tre attraversarono il cortile fino a dove attendeva il drago di Siran. Mentre si avvicinavano, il terreno tremò sotto i loro piedi quando una parte delle mura crollò.

L'aria era densa dell'odore acre del fumo e delle grida dei soldati impegnati in combattimento.

Siran salì sul dorso del suo drago, prendendo la posizione più avanzata. Kai guardò Liu, che le fece cenno di salire dopo di lei. Obbedì, e Liu si sedette alle sue spalle. Solo Siran entrava nella sella, lasciando Kai e Liu seduti sulle scaglie ruvide del dorso del drago.

«Tenetevi forte» disse Siran.

Kai obbedì, avvolgendo saldamente le braccia attorno alla vita di Siran mentre Liu si aggrappava a Kai. Con un potente balzo, il drago si lanciò nel cielo, le sue ali che battevano ritmicamente mentre saliva sempre più in alto. Dall'alto, poterono vedere l'intera portata della battaglia che si svolgeva sotto di loro. Le forze dei Drakka si riversavano contro le mura del castello come una marea inarrestabile.

Il cuore di Kai batteva all'impazzata mentre sfrecciavano nell'aria. La sensazione del volo era esilarante, ma era macchiata dagli eventi che si svolgevano di sotto. Era preoccupata per i suoi genitori. Ikje non era mai stata attaccata dai Drakka prima d'ora, grazie alla forza delle sue difese, ma mentre osservava l'onda scura di creature superare le mura, un brivido le percorse la schiena.

Distolse lo sguardo dalla battaglia e offrì una preghiera ai suoi antenati.

13

Kai si concentrò sul paesaggio che sfrecciava sotto di loro, i campi e le foreste che si confondevano mentre volavano verso Tatenagawa. Il vento le sferzava il viso, scompigliandole selvaggiamente i capelli mentre fendevano l'aria. Il drago li trasportava velocemente, planando senza sforzo sul terreno sottostante.

Mentre si avvicinavano ai terreni sacri di Tatenagawa, Kai si meravigliò della bellezza naturale della zona. La vegetazione lussureggiante, gli stagni tranquilli e gli alberi secolari emanavano un senso di pace e serenità. Il drago di Siran scese, atterrando sulle rive di un fiume nel punto in cui incontrava l'oceano.

Kai smontò dopo Siran, seguita da Liu. Dopo essere stata in aria, il terreno le parve stranamente solido sotto i piedi. Un sentiero tortuoso costeggiato da statue conduceva a un boschetto di ciliegi in fiore. L'aria era colma del dolce mormorio del fiume e del profumo dei fiori sbocciati. Un senso di riverenza pervase Kai.

«Vieni con me» disse Liu.

«E Siran?»

«Ha ricevuto i suoi ordini dal Maestro Satoshi. Deve andare a Dangju.»

«Se parte, non avremo modo di tornare» disse Kai. «E se l'anziana non potesse aiutarci? Rimarremo bloccati qui.»

«Se necessario, potremo viaggiare a piedi.»

Kai guardò Siran.

«Il mio drago ha bisogno di riposo. Appena sarà pronto, partiremo. Se per allora non sarete tornati, vi rivedrò al vostro ritorno a Ikje.»

Liu guidò Kai attraverso il boschetto. Fasci di luce solare filtravano attraverso il fogliame, dipingendo motivi sul terreno coperto di muschio. Kai notò piccoli santuari nascosti tra gli alberi e suppose che fossero offerte lasciate dai visitatori. L'atmosfera era tranquilla e un debole profumo d'incenso fluttuava nel vento.

Dall'altro lato del boschetto si apriva una radura che rivelava una grandiosa struttura. Era un tempio di antica fattura, con le travi di legno segnate dal tempo ma ancora forti e orgogliose. L'ingresso era fiancheggiato da due draghi di pietra che parevano fare la guardia al tempio.

Liu aprì i pesanti portoni di legno ed entrarono in un corridoio scarsamente illuminato, adornato da intricati murali che raffiguravano scene di draghi librantisi nei cieli e guerrieri impegnati in battaglia. L'aria era impregnata del profumo di sandalo e di pergamena antica. Camminarono in silenzio, i loro passi che echeggiavano sul pavimento di legno lucido. Il corridoio li condusse in una vasta sala aperta dove una figura li attendeva.

«Benvenuti» disse una voce. La figura era avvolta in vesti fluenti che sembravano muoversi e scintillare di vita propria. Era una donna anziana con occhi che brillavano di antica saggezza. I suoi capelli erano d'argento e le scendevano sulla schiena come una cascata di luce lunare. Guardò Kai e Liu con un sorriso consapevole, come se li stesse aspettando.

«Siamo venuti a cercare la guida dell'anziana» disse Liu.

Il sorriso della donna si allargò mentre li studiava con uno sguardo penetrante; i suoi occhi sembravano vedere fin nel profondo del loro essere. Annuì lentamente, accogliendo le parole di Liu.

«Speravo che questo giorno arrivasse prima che il mio tempo finisse.» La sua voce era melodica, vibrante di un potere che sembrava far risuonare l'aria stessa intorno a loro. «Il vento sussurra di te.» I suoi occhi studiarono Kai. «Colei che è al contempo la Prescelta e non la Prescelta.»

«Come ha detto lui, siamo qui per vedere l'anziana» disse Kai. «Ci concederà udienza?»

La donna rise sommessamente. «Preferiresti forse che assumessi la mia forma di drago? Non potresti guardarmi se lo facessi. Gli umani sono creature così fragili, ancor più adesso di quanto non lo fossero un tempo.»

«Voi siete Kokoro?» chiese Liu.

Kokoro annuì con saggezza. «Lo sono.»

«Abbiamo bisogno del Suo aiuto» disse Kai. «Ikje è sotto assedio da parte dei Drakka.»

«Non è per questo che sei qui. Non veramente, o sbaglio? No, non credo. Il vento non ha mentito.»

Kai guardò Liu, che fece un lieve cenno di assenso.

«Qualcuno ha rubato il mio drago.»

«Un drago ha libero arbitrio» rispose Kokoro. «Se il tuo drago se n'è andato, lo ha fatto di sua spontanea volontà. Raccontami cosa è successo.»

Kai le riferì gli eventi della Cerimonia dei Giuramenti e di come il suo drago avesse detto che lei non era la sua cavaliera. Esitò a condividere la rivelazione di sua madre sulla nascita di due gemelle, ma Liu la incalzò e lei raccontò tutto all'anziana, compreso il fatto che sua madre era stata intrisa del sangue di un drago. Kokoro ascoltò attentamente, la sua espressione indecifrabile mentre assimilava il racconto. Quando Kai ebbe finito di parlare, nella sala calò il silenzio. Kokoro chiuse brevemente gli occhi, come se stesse ascoltando una qualche forza invisibile, prima di riaprirli.

«I fili del mondo sono aggrovigliati e il sentiero dinanzi a voi è avvolto nell'oscurità» rispose cripticamente Kokoro. «L'equilibrio che esiste da lungo tempo si sta disfacendo. Cosa sai dell'Accordo?»

Kai scosse la testa. «Non ne ho mai sentito parlare.»

«E tu?» chiese Kokoro a Liu.

«Non mi è familiare.»

«Non mi sorprende. La memoria dell'umanità è corta. Sapete come è nato il legame, o da dove sono venuti i Drakka?»

Kai e Liu si scambiarono sguardi confusi. Scossero la testa all'unisono, spingendo Kokoro a emettere un leggero sospiro.

«L'Accordo è un antico patto forgiato tra draghi e umani secoli fa. Ha legato insieme i nostri destini, assicurando equilibrio e armonia nel mondo.»

«Cosa volete dire?» chiese Kai. «Non siamo sempre stati legati gli uni agli altri?»

«Prima dell'Accordo, le nostre razze erano nemiche. Sono abbastanza vecchia da ricordare quei giorni.» Kokoro si accigliò. «Quelli erano tempi oscuri. Gli umani sono una specie debole, ma ci superavano in numero. Chiedemmo una tregua e invitammo l'imperatore a parlare con noi.»

Kai trovava difficile immaginare di essere nemica di un drago. Erano l'epitome della forza e del potere. L'idea di draghi e umani schierati su fronti opposti di un campo di battaglia sembrava più un racconto fantasioso che una lezione di storia.

«L'imperatore dell'epoca era un uomo saggio,» continuò Kokoro, con la voce intrisa di qualcosa che Kai non riusciva a decifrare. «Capì il valore di forgiare un'alleanza piuttosto che muovere guerra, ma il prezzo della sua richiesta fu alto. Riteneva che i draghi fossero troppo potenti e fummo costretti a rinunciare a gran parte della nostra forza. Di conseguenza, i draghi divennero più piccoli e meno temibili.»

Kai ascoltava con attenzione, mentre la sua mente cercava di afferrare le implicazioni di ciò che Kokoro stava rivelando. La trama stessa della loro storia si stava modificando, svelando segreti a lungo sepolti nelle sabbie del tempo.

«Non riesco a immaginare i draghi più grandi di come sono ora,» disse.

«Potrei mostrarglielo, ma temo che la mia trasformazione Le brucerebbe gli occhi fin dentro al cranio.»

«E i Drakka? Draghi e umani non hanno combattuto anche loro?»

«I Drakka non esistevano,» rispose Kokoro. «L'Accordo cambiò il mondo, legandoci a voi in modi più profondi di quanto possa immaginare. Alcuni dei miei fratelli si opposero, rifiutando l'idea di essere sminuiti, di piegarsi al volere umano.» Gli occhi dell'anziana brillarono di tristezza.

«I Drakka sono i resti dei miei fratelli che si rifiutarono di rispettare i termini dell'Accordo. Poiché il nostro potere era diminuito, esso doveva pur andare da qualche parte. Li riempì fino a corromperli, trasformandoli in qualcosa di completamente diverso. Ci deve essere sempre equilibrio nel mondo, e i Drakka sono il risultato dell'equilibrio che si corregge da sé.»

Kai stentava a credere a ciò che stava sentendo. «I Drakka sono draghi? Non hanno affatto l'aspetto di draghi.»

«Un tempo lo erano ma, come ho detto, sono stati corrotti. Ora sono creature votate alla devastazione. Ma questa conoscenza ci riconduce a Lei.»

«A me?»

«Sa cosa è scritto nelle antiche pergamene?»

Kai scosse la testa. «Non sono io quella di cui parlano. Non ho mai toccato il sangue di un drago.»

«Forse no, ma esso ha toccato Lei. Sua madre gliel'ha confermato.»

Kai aprì la bocca per ribattere ma, non appena la consapevolezza si fece strada in lei, le parole le morirono in gola. Il peso delle parole di Kokoro si abbatté su Kai come un'onda devastante, facendole stringere il petto. La rivelazione di essere in qualche modo intrecciata in antichi patti e profezie la lasciò sconvolta. Lanciò un'occhiata a Liu, in cerca di una presenza rassicurante nel caos vorticoso dei suoi pensieri. L'espressione di lui rispecchiava la sua: shock, paura ed emozioni a cui non riusciva a dare un nome.

Lo sguardo di Kokoro indugiò su Kai, l'argento dei suoi capelli che catturava la luce della camera come fili di luna intessuti nel suo essere.

«Mai un drago si è legato a più di un umano alla volta, eppure quello che ha scelto Lei e sua sorella in qualche modo c'è riuscito. Sembra che il legame di sua sorella gemella con lui sia più forte del Suo, ma Lei è comunque una Prescelta. La profezia è da tempo oggetto di contesa tra gli umani. Alcuni la vedono come un presagio di sventura, mentre altri la considerano la loro salvezza.»

«Quale delle due è?» chiese Kai, timorosa di saperlo.

«È entrambe.»

«Non capisco. Come può qualcosa essere sia male che bene?»

«Lei e la sua gemella siete le due facce della stessa medaglia. Una abbraccia l'oscurità mentre l'altra risplende nella luce. La profezia non è una faccia o l'altra, è entrambe le cose insieme.»

Kai rifletté sulle parole dell'anziana. Le tornò in mente una cosa che aveva detto sua madre. «Perché i Drakka avrebbero preso mia sorella?» Le parole le suonarono strane uscendo dalla sua bocca. Le avevano fatto credere di essere figlia unica per tutta la vita. «I miei genitori pensavano che fosse morta. Perché i Drakka avrebbero preso un cadavere?»

«I Drakka conoscono la profezia,» rispose Kokoro. «Nel profondo, sono draghi, e fu un drago a scrivere quelle parole. Quando videro sua madre coperta di sangue di drago, seppero che le antiche parole si erano avverate.»

«Ma i Drakka sono creature senza senno,» protestò Kai. «Non potevano saperlo.»

Kokoro rise. «È questo che gli umani si raccontano di questi tempi? I Drakka sono disorganizzati, glielo concedo. La discordia è la loro stessa natura, il che significa che non collaborano tra loro, ma se qualcuno riuscisse a unirli...»

«Mia sorella,» sussurrò Kai.

«Sì. I Drakka devono averla cresciuta come una di loro, e ora li guida. È l'unica spiegazione per quello che dice stia accadendo a Ikje. Lei è il lato oscuro della medaglia.»

«E da me ci si aspetta che sia il lato luminoso?»

«Io non mi aspetto che Lei sia nulla,» disse Kokoro. «Ma dovrà fare una scelta. L'equilibrio che esiste da tanto tempo si sta disfacendo, e si correggerà da sé in un modo o nell'altro.»

«Come posso fare qualcosa se non controllo il legame? Il drago stesso ha detto che Akuhara era la sua cavaliera. E siccome anch'io sono legata al drago, probabilmente lei può sentire i miei pensieri anche adesso.»

«Forse, anche se dubito che il legame funzioni in quel modo. È impossibile saperlo, dato che non è mai successo prima, ma non ha importanza.»

«Perché no?»

«Perché può recidere il Suo legame con lui e forgiarne uno nuovo.»

14

Kai fissava Kokoro, con la fronte corrugata. «Credevo che una volta formato un legame, questo si sciogliesse solo con la morte?»

«Di solito è così che un legame ha fine, ma, come parte dell'Accordo, un umano si riserva il diritto di reciderlo.»

«Cosa succede quando il legame viene reciso?»

«Il legame si spezzerebbe, e sia lei che il drago proverebbero dolore. Dato che non è legata a lui quanto la sua gemella, credo che il dolore sarebbe minore. A quel punto sarebbe libera di legarsi a un nuovo drago.»

«Come potrei legarmi a un nuovo drago? Il Legame avviene quando entrambi non siamo ancora nati.»

«La dragonessa a cui si legherebbe è... speciale. Non si è ancora schiusa, ma è pronta da tempo a venire al mondo.»

La scelta che le si parava dinanzi gravava pesantemente sulle sue spalle. La rivelazione di poter recidere il proprio legame e forgiarne uno nuovo con una dragonessa non ancora schiusa la lasciava al contempo speranzosa e terrorizzata.

«Cosa dovrei fare per recidere il legame?»

«Non è un compito facile» rispose Kokoro. «Recidere un legame con un drago richiede un grande sacrificio. Deve essere disposta a rinunciare a una parte di sé stessa, a lasciar andare qualcosa che le è prezioso.»

La mente di Kai correva veloce mentre cercava di pensare a cosa potesse offrire. Cosa contava così tanto per lei che privarsene sarebbe stato un sacrificio? Anche mentre ponderava la domanda, nel profondo sapeva già la risposta. Guardò Liu, che se ne stava lì in silenzio. Voleva chiedergli un consiglio, ma lui non avrebbe mai potuto capire cosa comportasse la sua scelta. Le venne in mente l'immagine dei suoi genitori e seppe che, anche se la sua decisione avesse salvato solo loro, ne sarebbe valsa la pena.

«Lo farò» disse, con la voce ferma nonostante le emozioni tumultuose che provava dentro di sé.

«Lei ha un cuore coraggioso, Kai. Dovrà recarsi nelle terre sacre dove fu stipulato l'Accordo. Lì troverà l'uovo e si sottoporrà al Rituale della Recisione.»

«Dove posso trovare questo luogo?»

«Non è lontano da qui» rispose Kokoro. «La condurrò io.»

«Verrò con voi» disse Liu. «Finché non sarà Vincolata, è sotto la mia protezione.»

«Molto bene.»

«Dovremmo avvisare Siran, nel caso ci stia aspettando.» Kai lanciò un'occhiata a Liu, aspettandosi che fosse infastidito dal fatto che la donna non stesse seguendo i suoi ordini.

«Se n'è andata» disse Kokoro.

«Come fa a saperlo?»

«Ho percepito la presenza del suo drago lasciare la zona.»

«Oh.» Kai era delusa, ma non sapeva perché. Siran aveva la sua strada da seguire. Forse era perché lei era la cosa più vicina a un'amica che Kai avesse mai avuto.

«Prima di andare, mangeremo. Il viaggio non è lungo, ma è arduo e avrà bisogno di tutte le sue forze per il rituale.»

Kokoro offrì loro un pasto delizioso a base di coniglio arrosto, patate dolci e un tè alle erbe che era sia rilassante che rinvigorente. Mentre mangiavano, Kokoro parlò dell'Accordo. Più Kai imparava, più si rendeva conto che c'erano molte cose che non sapeva. Ciò la portò anche a chiedersi perché nessuno insegnasse loro l'Accordo o la sua storia. Kai riconsiderò le parole di Kokoro sulla corta memoria degli umani, ma non poté fare a meno di pensare che ci fosse dell'altro.

Una volta che tutti ebbero finito il pasto, Kokoro li condusse fuori dal tempio e attraverso il boschetto, dirigendosi a sud-est, dove incombevano le montagne. Come aveva avvertito, il paesaggio era difficile da attraversare. Il sentiero era roccioso e irregolare, e la fitta foresta che li circondava sembrava stringersi su di loro da ogni parte. L'aria era densa del profumo di foglie umide e terra, e il fruscio occasionale di piccoli animali che si allontanavano di corsa ne rivelava la presenza.

Kai si ritrovò a concentrarsi su ogni passo, con la mente che correva ai pensieri del rituale che l'attendeva. Camminarono per diverse ore finché, alla fine, raggiunsero una radura ai piedi delle montagne, circondata da alberi antichi e imponenti che sembravano protendersi verso il cielo, con i rami intrecciati come una cattedrale naturale. L'ingresso oscuro di una grotta si stagliava minaccioso davanti a loro.

«Siamo arrivati» disse Kokoro a bassa voce, come se il suo tono potesse disturbare la sacralità del luogo.

Kai deglutì a fatica, provando uno strano misto di terrore e anticipazione.

«Sei sicura di volerlo fare?» le chiese Liu, con evidente preoccupazione nella voce.

Lo era? No, non proprio, ma non importava. Erano arrivati fin lì, e non sarebbe stato giusto tirarsi indietro ora. Annuì.

«Venga» la invitò Kokoro.

Appena entrarono nella grotta, l'aria si fece più fredda. L'oscurità li inghiottì per un istante prima che Kokoro pronunciasse una parola che Kai non conosceva e le torce sulle pareti si accendessero. Li condusse più in profondità nella grotta, passando accanto a strani simboli scolpiti sulle pareti. Il soffitto si abbassò gradualmente, costringendoli a chinarsi mentre camminavano, e il terreno era coperto da uno spesso strato di foglie.

«Il tempo ha cambiato questo tunnel» disse Kokoro. «Un tempo era più agevole.»

Nonostante la luce delle torce, l'oscurità sembrava attrarre Kai, che per farsi coraggio strinse l'elsa della spada, con il cuore che le batteva all'impazzata. La grotta curvava verso l'interno, snodandosi e contorcendosi come un labirinto. Kokoro li condusse ancora più in profondità finché il tunnel non si aprì in una vasta camera, scavata nel cuore della montagna.

Al centro si trovava un uovo enorme, la cui superficie era di una profonda tonalità d'oro con segni iridescenti che brillavano come stelle contro l'oscurità della camera. A Kai si mozzò il fiato. Era la cosa più bella che avesse mai visto. Non riusciva a staccargli gli occhi di dosso e poteva percepire la vita dormiente che pulsava dall'uovo. Avvicinandosi, Kai si rese conto che l'uovo svettava su tutti loro. Sembrava troppo grande per appartenere a un drago. Lanciò un'occhiata a Liu, ma anche lui era catturato dalla vista dell'uovo dorato.

«È così grande» sussurrò Kai.

«Come ho detto, questa dragonessa è speciale. Ora, per recidere il suo legame, dovrà posare le mani sull'uovo e visualizzare il suo *ki*. Trovi la connessione che da esso fluisce verso il suo drago e la tagli, usando il suo sacrificio come lama.»

Kai annuì e si avvicinò silenziosamente all'uovo. L'energia che ne proveniva si agitò e lei poté sentire qualcosa sfiorarle la mente.

Era questo ciò che sua madre aveva provato durante il Vincolo? Scacciò quel pensiero e posò le mani sull'uovo. La superficie era liscia e irradiava calore.

Chiudendo gli occhi, si concentrò sul suo *ki*. Con gli occhi della mente, trovò il legame e lo immaginò come un filo luminoso che la univa al drago grigio. Con un respiro profondo, raccolse tutto il suo coraggio. Non aveva mai voluto essere la Prescelta. Aveva invece desiderato una vita semplice, piena dei suoi stessi figli. Le lacrime le pizzicarono gli occhi mentre immaginava la sua maternità come una lama e la premeva contro il filo. Facendosi forza, recise il legame.

Un dolore lancinante la trafisse, facendola sussultare e perdere l'equilibrio. Liu si mosse rapidamente per sorreggerla, ma Kokoro gli fece cenno di stare indietro.

«Deve sopportare questa prova da sola» disse.

Stringendo i denti, Kai superò il dolore, concentrandosi sul recidere il legame in modo netto e completo. L'uovo dorato sotto le sue mani iniziò a risuonare con i suoi sforzi, la sua superficie pulsava di una luce soffusa. Con un ultimo slancio di forza di volontà, Kai sentì la connessione spezzarsi, e un'ondata di agonia si propagò in tutto il suo essere.

Le gambe minacciavano di cederle, ma lei si aggrappò ostinatamente alla sua determinazione, con l'oscurità ai margini della sua vista quasi a portata di mano. Nella tempesta di dolore, sentì l'uovo iniziare a fremere. Mentre il dolore si placava, Kai ricominciò a respirare, con le mani che le tremavano contro l'uovo. Ce l'aveva fatta. Il legame era stato reciso.

«Ora forgi il nuovo legame» la esortò Kokoro.

Kai fece un respiro profondo, con il cuore che le martellava nel petto. Sapeva cosa doveva fare, ma non riusciva a scrollarsi di dosso la sensazione di perdita.

«Come faccio a...?» cominciò, ma Kokoro la interruppe.

«Senta la connessione che pulsa tra Lei e l'uovo. La immagini come un flusso di energia vivente, che scorre da Lei all'uovo e viceversa. Il Suo *ki* è essenziale per forgiare il legame.»

Kai sentì l'energia di cui parlava Kokoro. Chiuse gli occhi e si concentrò, visualizzando il suo *ki*. Lo protese, sentendolo fluire verso l'uovo. La connessione prese forma, un filo dorato che le legava insieme.

L'uovo rispose ai suoi sforzi, emettendo un leggero ronzio che sembrava risuonare nelle profondità della sua anima. Kai poteva percepire una presenza che si risvegliava all'interno del guscio dorato, una coscienza che prendeva vita. Era diverso da qualsiasi cosa avesse mai provato, una fusione di menti che trascendeva parole o pensieri.

In quell'istante di unità, Kai si sentì travolgere da un'ondata di emozioni: gioia, accettazione e un profondo senso di appartenenza. Il filo dorato brillò e divenne più intenso, a significare la forza della loro connessione. Un'ondata di vertigini la pervase e, mentre la vista le si oscurava, poté sentire la voce di Liu, distante echeggiante.

15

Mentre le palpebre di Kai si schiudevano tremolando, si ritrovò distesa a terra di fronte all'uovo. Si mise a sedere e notò Liu e Kokoro che la guardavano dall'alto. Il volto di Liu era solcato dalla preoccupazione, mentre quello di Kokoro irradiava un senso di orgoglio.

«Il Legame è compiuto» disse l'anziana.

Kai guardò l'uovo. L'energia che pulsava al suo interno non era più dormiente. Era attiva, e lei poteva percepire una presenza nella sua mente, quasi come la sua coscienza, eppure distinta da lei.

«Quando si schiuderà?» chiese Kai.

Come in risposta alla sua domanda, un debole rimbombo risuonò dall'uovo. Crebbe d'intensità finché delle crepe si irradiarono a ragnatela sulla superficie del guscio, emettendo una tenue luce dorata che illuminò la camera in uno spettacolo abbagliante. Kai osservò con stupore il cucciolo di drago emergere dall'uovo, con le scaglie che luccicavano come oro fuso. Era grande quanto quelli della cerimonia.

Il drago sbatté i suoi grandi e brillanti occhi blu e li fissò su Kai con un'espressione che sembrava comunicare una saggezza al di là dei suoi anni. Allungò il muso verso di lei, strofinandoglielo sulla mano in un gesto di fiducia e di amicizia. Le lacrime affiorarono agli occhi di Kai quando si rese conto della profondità del legame che ora condivideva con quella maestosa creatura. La presenza del drago nella sua mente era allo stesso tempo strana e confortante, come una voce familiare che le parlava da un luogo nel profondo della sua anima.

Kai allungò una mano con fare incerto, facendola scorrere lungo le scaglie del cucciolo di drago e sentendo il calore che si irradiava dal suo corpo. Quello emise un cinguettio sommesso, un suono che strinse il cuore di Kai. Poteva percepirne la curiosità e l'intelligenza, e un lampo di immagini le apparve nella mente; si rese conto che stava cercando di comunicare con lei.

Sono Kai Lin, disse, inviando le parole attraverso il loro legame.

Altre immagini le balenarono davanti agli occhi della mente, ma non riuscì a decifrarne il significato.

«Non sa parlare?» chiese Kai, guardando Kokoro.

«Non ancora. Proprio come per un essere umano, ci vuole tempo per crescere. La sua dragonessa maturerà più in fretta degli altri draghi e, attraverso il vostro legame, lei l'aiuterà a conoscere il nostro mondo.»

«Ha detto che era unica. Cosa significa?»

Kokoro lanciò un'occhiata a Liu, e Kai suppose che non volesse rispondere davanti a lui. «Qualunque cosa voglia dirmi, può dirla davanti a lui» disse Kai. «Mi fido di lui.»

«Molto bene. La sua dragonessa è diversa perché è un'anziana.»

«Come Lei?»

«Sì.»

«È proibito,» disse Liu.

«Lo so. Ero presente quando l'Accordo fu scritto.»

«Allora perché lo ha permesso?»

«Ci sono innumerevoli ragioni, ma le dirò la più importante.» Il contegno di Kokoro si fece solenne. «Sono l'unica sopravvissuta della mia specie. Be', non più, adesso,» disse, indicando il drago dorato. «Ma i miei giorni sono contati. Dedicherò il resto della mia vita ad addestrare entrambe. Quando io non ci sarò più, la sua dragonessa sarà l'ultima anziana. Sarà sua responsabilità assicurare che la nostra specie sopravviva.»

«Mi ha usata?» Il viso di Kai avvampò di calore, per la sorpresa e la rabbia. La sua dragonessa ringhiò, rispecchiando le sue emozioni.

«No. I draghi non ricorrono a simili tattiche. Tu e tua sorella siete quelle di cui è scritto, ma la profezia non riguarda gli umani... riguarda i draghi. L'Accordo ci ha tolto il potere, ma tu ce lo restituirai.»

Facendo un respiro profondo per calmarsi, Kai allungò la mano e accarezzò dolcemente le scaglie della dragonessa. Il legame tra loro pulsava di una nuova energia, una connessione che sembrava rafforzarsi a ogni istante. Nonostante le circostanze della loro unione, Kai sentiva nel profondo di essere destinata a percorrere quel sentiero. Che lo volesse o meno era tutta un'altra questione.

Il fato o il destino l'avevano chiamata, questo era chiaro, e non poteva negare il senso di scopo che si agitava dentro di lei. Mentre guardava nei saggi occhi blu della sua compagna drago, seppe che i loro destini erano intrecciati in modi che stava solo iniziando a comprendere. Si raddrizzò, con la determinazione che le brillava nello sguardo.

«Non posso garantire che adempirò a questa profezia, se sono davvero io quella di cui parla, ma farò tutto il necessario per proteggere la mia dragonessa ed entrambe le nostre specie,» disse Kai. La dragonessa la guardò con un'aria consapevole, come se capisse il peso delle sue parole. Kokoro sorrise, e l'oscurità lasciò la sua espressione.

«Lei ha il cuore di una vera cavaliera di draghi. Ricordi, il legame tra lei e la sua dragonessa non riguarda solo il dovere. Riguarda la fiducia, la comprensione e l'amore.» Con quelle parole sospese nell'aria, Kokoro si rivolse a Liu. «Lei non ha più bisogno di proteggerla. Ora è sotto la mia tutela, e nessun male le accadrà.»

«Senza offesa, ma ho prestato giuramento di difendere la Prescelta a cui sono assegnato fino al mio ultimo respiro o finché non sarà Vincolata. Se non mantengo il mio giuramento, le mie parole non valgono nulla e non ho onore.»

«Il suo onore non è in discussione,» disse Kokoro dolcemente, con la voce piena di compassione. «Ma a volte, il sentiero che percorriamo devia da quello che ci siamo prefissati. La salvaguardia del viaggio di Kai non è più compito suo. Lei ha mosso il primo passo verso il compimento di un destino più grande di qualsiasi singolo giuramento. È il benvenuto a restare qui mentre lei si allena, ma loro devono far crescere il loro legame in solitudine, lontano da occhi indiscreti.»

«Capisco,» rispose Liu. «Non sarò indiscreto né intralcerò il suo addestramento.»

«Grazie.» Kokoro riportò la sua attenzione su Kai. «C'è molto che deve imparare, e il tempo è essenziale. La sua dragonessa è un'anziana e, sebbene porti in sé la saggezza dei nostri antenati, lei deve imparare a comunicare con lei, a comprendere i suoi pensieri e i suoi sentimenti. Non sarà facile, ma la guiderò attraverso questo processo.»

Kai annuì. Era pronta per le sfide che l'attendevano, pronta a forgiare un legame diverso da qualsiasi altro che il mondo avesse mai visto. La dragonessa cinguettò dolcemente, spingendole il muso contro la mano, come per darle il suo assenso. Kai poteva sentire il peso della responsabilità posarsi sulle sue spalle, ma per la prima volta nella sua vita non si sentiva più come se stesse affrontando tutto da sola.

«Per prima cosa,» disse Kai. «Ti serve un nome.»

Il viaggio continua con...
Accolito

À PROPOS DE L'AUTEUR

INFORMAZIONI SULL'AUTORE

Ciao!

Sono un autore fantasy che ama scrivere di draghi. Ho pubblicato oltre 40 libri e ho intenzione di scriverne molti altri.

Spero che questo libro vi sia piaciuto e grazie per la lettura.

Potete seguirmi sui social media per contattarmi direttamente all'indirizzo https://www.facebook.com/dragonfirepress.